KB121239

예지몽으로 히든랭커 32

2023년 7월 24일 초판 1쇄 인쇄
2023년 7월 27일 초판 1쇄 발행

지은이 이현비
발행인 강준규

기획 이기헌 왕소현 임동관 박경무 강민구 조익현
책임편집 백승미
마케팅지원 이원선

발행처 (주)로크미디어
출판등록 2003년 3월 24일
주소 서울시 마포구 마포대로 45 일진빌딩 6층
Tel (02)3273-5135 Fax (02)3273-5134
홈페이지 rokmedia.com E-mail rokmedia@empas.com

ⓒ 이현비, 2021

값 9,000원

ISBN 979-11-408-0572-3 (32권)
ISBN 979-11-354-9382-9 04810 (세트)

예지몽으로 히든랭커

이현비 게임 판타지 장편소설 〈32〉

CONTENTS

영인의 등장과 급변하는 정세

영인이 된 레겐탈은 가온의 반문을 통해서 그가 아르테미 차원에서 건너왔다고 확신한 것 같았다.

"역시 그랬군. 혈맥 각인술과 더불어 다양한 영술까지 전수해서 멸망의 위기를 맞이했던 우리 선조를 구해 준 그대들이 아직도 정신을 못 차리는 우리 차원이 맞이한 위기를 위해서 또다시 나서 주었군."

레겐탈이 그렇게 중얼거리자 가온을 쳐다보는 세롬의 눈빛이 변했다.

"이젠 내 궁금증을 풀어 줄 수 있습니까?"

가온은 굳이 자신이 아르테미 차원 출신이 아니라는 사실을 밝힐 필요가 없다고 생각하고 그렇게 말했다.

"그 부분은 제가 말씀드리겠습니다."

이제까지 하오체를 사용하던 세롬의 말투는 물론이고 태도가 무척 정중하게 바뀌었다.

"인간들이 마성이 강한 마수와 몬스터로부터 멸종할 위기에 처한 순간 홀연히 나타난 신비한 아르테미인들은 우리 선조 중 자격을 갖춘 일부에게 육체를 포기하는 대신 신비한 힘인 영력을 사용할 수 있는 능력과 수명을 연장하는 비술 그리고 영력을 사용하는 다양한 영술을 전수하고 아르테미 차원으로 돌아갔습니다. 영술은 마기로 인해 포악해지고, 수가 급증한 마수와 몬스터를 상대할 때 아주 강력한 위력을 발휘해서 인간들이 시티 단위로 생존할 수 있는 기회를 잡을 수 있었지요."

거기까지는 이미 가온이 알고 있는 내용이라 이어지는 얘기가 궁금했다.

가온은 아이테르 차원에 건너와서 영인이라는 단어는 숱하게 들었지만 눈으로 직접 보는 것은 처음이라서 세롬의 설명을 들으면서 여전히 모호하게 보이는 레겐탈에게 시선을 고정했다.

"영인은 정말 대단한 존재였습니다. 강대한 의식의 힘과 영력이라는 생소한 힘이 필요하긴 하지만, 영술을 사용하면 고위급 마법에 해당하는 이적을 손쉽게 발휘할 수 있으니까요. 그렇게 영인이 출현하면서 인간은 비로소 안전한 영역을 가질 수 있게 되었습니다. 그런데 영력을 가지게 되면 수명이 연장되지만 영인들은 그리 오래 살지 못했습니다. 시티를 안전하게 만들기 위해서 과도하게 영력을 소모했기 때문이지요."

"그랬군요."

가온은 세롬의 말을 통해서 영력이 마나와 달리 수명 혹은 잠재력과 깊은 연관이 있다는 사실을 알 수 있었다.

"그렇게 아르테미인들의 도움과 영인들의 희생과 헌신으로 안전한 영역을 확보한 이래 그 후예들은 시티의 안정을 위해서 많은 노력을 기울였습니다."

"혹시 영인들이 던전도 공략했습니까?"

세계수 엘라를 통해서 던전을 완전히 소멸시킬 수 있는 방법을 알게 된 가온은 영인들도 그런 사실을 알고 있지 않았을까 생각했다.

"당연하지요. 1세대 영인들의 시대에는 극히 위험한 등급의 던전들은 대부분 정리가 되었습니다. 안 그랬다면 세상은 진즉에 마수와 몬스터 세상이 되었겠지요."

"그런데 왜?"

그렇다고 보기에는 위험한 던전들이 너무 많았다.

"그게 다 후예들의 부족함 때문입니다. 대략 3대에서 4대가 지나자 영인의 후예들은 선조들의 당부를 잊어버리고 말았지요."

"어떤 당부였는지 알 수 있습니까?"

"다른 내용이야 굳이 아실 필요가 없지만 던전과 관련된 내용만 얘기하면 이렇습니다. 던전은 아무리 깎거나 뽑아도 돌아서면 다시 나오는 잡초와 같아서 꾸준히 관리를 해야 한다는 내용이었습니다."

역시 아르테미인들은 던전에 대해서 잘 알고 있었다.

"관리요?"

아르테미인들을 통해서 던전에 대해서 잘 알고 있었을 것이 분명한 영인들이 후예들에게 던전을 완전히 소멸시키는 것이 아닌 관리를 언급했다는 말은 들은 가온은 자신도 모르게 고개를 갸우뚱했다.

"소멸을 시키는 것이 아니라 정말 관리를 하라고 했다고요?"

"그렇습니다. 영인들께서 남긴 말에 의하면 차원이 생성되어 일정 시간이 지나면 다른 차원과 융합이 되는, 이른바 차원 침식이 시작되는데 그 어떤 수단과 방법으로도 막을 수 없다고 합니다. 적절하게 관리를 해서 차원 침식을 늦출 수밖에 없다고 하셨습니다."

세름의 말에 가온은 자신도 모르게 이맛살을 찌푸렸다.

'설마 지구에 발생하기 시작한 차원 융합이 자연스러운 흐름이라는 건가?'

현재 주류 과학자들의 주장에 의하면 지구의 나이는 태양과 비슷한 45억 살 정도로 향후 76억 년 후에는 별의 생명을 잃은 백색 왜성이 될 거라고 한다.

물론 태양계도 비슷한 시기에 질서가 무너져서 행성들이 태양계에서 벗어나서 우주를 떠돌아다니게 될 것이라고 한다.

또한 35억 년 후에는 더 이상 생명체가 살 수 없는 뜨거운 행성이 될 거라고 한다.

그렇게 따지면 현재 지구는 전성기를 지나 쇠퇴기에 접어들었다고 할 수 있다.

가온은 어쩌면 차원 융합이 별의 쇠퇴기에 들어선 것을 상징하는 현상이 아닐까 하는 가정을 떠올렸다.

'일단 차원 융합이 시작되면 막는 것이 불가능하단 말인가?'

적어도 아르테미인들은 그렇게 믿는 것 같았다.

그때 세롬이 다시 말을 이었다.

"다시 정리하자면 아르테미인들은 차원 침식 혹은 차원 융합으로부터 우리 세상을 오래도록 유지하는 유일한 방법은 융합의 직접적인 증거인 던전을 적절하게 관리를 하는 것이라고 했습니다."

"어떻게 관리를 한다는 건지 알 수 있겠습니까?"

"그 부분은 명확하지 않습니다. 1세대 영인들이 남긴 기록에 따르면 아르테미인들은 그렇게만 전했다고 합니다. 그리고 그 '관리'라는 말 때문에 혼란이 발생했습니다. 소수는 세상에 존재하는 던전을 모조리 소멸시켜야 한다는 것으로 이해했지만, 대부분은 위험한 던전만 처리하면 된다는 것을 이해했지요. 그래서 소위 돈이 되는 던전들의 경우 소멸시키지 않고 관리를 했습니다. 그러다가 이런저런 이유로 영인들의 힘이 제대로 전승되지 못하는 사태가 벌어지자 위험한 던전들까지 관리할 수가 없게 된 겁니다."

이제까지 차원 융합을 막기 위해서는 던전이 생성되는 족족 소멸시키면 된다고 생각하고 있던 가온에게도 혼란스러운 말이다.

'정말 던전을 완전히 소멸시키는 것으로는 차원 융합을 완벽하게 막을 수 없는 걸까?'

레겐탈의 얼굴을 보니 그 역시 제자인 세롬 이상으로 아는 것 같지는 않았다.

"그런데 아이테르인들은 정말로 던전을 공략해도 아무런 보상을 받을 수 없는 겁니까?"

답답한 마음에 그렇게 질문하자 레겐탈과 세롬의 눈빛이 달라졌다.

"안 그래도 묻고 싶었는데 잘됐습니다. 아르테미인들은 던전을 공략하면 보상을 받는 겁니까?"

세롬의 질문에 가온은 아이테르인들은 던전을 공략해도 아무런 보상을 받을 수 없다는 사실을 알 수 있었다.

"전 차원을 연결하는 시스템에 의해서 보상을 받습니다. 칭호, 스킬, 특성, 아이템 등이 있지요. 특히 명예 포인트라는 보상은 갓상점이라는 초월적인 시스템에 접속하고 그곳을 통해서 원하는 모든 것을 구입할 수 있습니다."

"그렇군요."

반응으로 보아 세롬과 레겐탈은 가온의 얘기를 처음 듣는 것 같지 않아서 무척 이상했다.

"혹시 알고 있었습니까?"

"동일한 내용은 아니지만 막상 듣고 보니 비슷합니다. 영인의 수장이었던 조지프라는 분이 남긴 말씀 중에 이런 내용이 있었습니다. 던전을 관리하다 보면 언젠가 수많은 차원과 연결되는 순간이 올 것이고, 그때부터는 우리 차원의 던전을 공략하면 초월적인 존재로부터 엄청난 보상을 받을 수 있으며, 그 존재를 이용해서 실력을 키워서 나중에는 자신들처럼 다른 차원을 도와주어야 한다는 내용이었습니다."

가온은 처음으로 아르테미인들이 어떤 의도를 가지고 여러 차원을 돕고 있다는 사실을 알 수 있었다.

"그럼 아직 다른 차원으로 건너가 봤던 사람은 없는 거군요?"

"그렇습니다. 아까 말한 대로 후예들이 영인들이 남긴 유산을 제대로 활용하지 못하고 현실에 안주하는 바람에 더 이상 던전을 제대로 관리하지 못해서 우리는 그런 기회를 잡지 못한 거지요."

세롬이 알려 주는 아이테르 차원의 얘기를 듣다 보니 지구
는 참으로 운이 좋은 것 같았다.

던전이 생성되기 시작할 때 아르테미인들의 도움을 받아
서 어나더 문두스를 개발하고, 영혼을 탄 차원으로 보내 아
바타를 통해 마수와 몬스터에 대한 지식은 물론 상대하는 방
법까지 익힐 수 있었다.

그리고 일정 수준을 넘기면 차원 의뢰를 받는 형태로 다
른 차원의 위기를 극복하는 데 큰 역할을 수행하고 있으니
말이다.

"그래도 타이탄이 개발된 후에는 상황이 달라졌을 것 같은
데요?"

"그렇지가 않았습니다. 이미 던전이 너무 많아져서 던전
을 공략하기는커녕 던전에서 쏟아져 나온 마수와 몬스터 들
의 대규모 공격을 감당해야만 했으니까요. 게다가 한정된 수
량의 타이탄으로는 고위급 마수와 몬스터를 제대로 상대할
수가 없습니다. 그러니 던전을 공략하는 건 꿈도 꾸지 못하
는 상황이 되었습니다."

확실히 뢰벨르와 같은 고위급 마족이 이 차원에 현신한다
면 타이탄을 대규모로 동원한다고 해도 던전을 공략하는 건
어려울 것이다.

"아쉬운 것은 타이탄이 아니더라도 고위급 마수와 몬스터

들을 해치울 수 있는 방법이 있음에도 그럴 수가 없다는 사실입니다."

"어떤 방법입니까?"

타이탄으로도 해결할 수 없는 고위급 마수와 몬스터를 해치울 수 있는 수단은 마법일까?

그건 아닐 것 같다. 아이테르 차원의 마법 수준은 탄 차원보다 더 떨어졌다. 세롬이 마탑주이기에 그냥 하는 소리가 아닐까 싶었다.

가온은 궁금한 마음에 세롬의 말을 기다렸다.

"아까 언급한 바 있는 영술입니다. 영인의 후예들만이 펼칠 수 있는 영술은 그런 존재들을 말살하는 데 강력한 위력을 발휘하지요. 그런 영술을 익혔기에 영인들은 당시 창궐한 마수와 몬스터 들로부터 안전한 시티를 건설할 수 있었던 거고요."

하지만 루툼 마탑의 전대 탑주인 레겐탈이 사용한 영술은 그다지 인상적이지 않았다.

물론 마법보다 훨씬 더 빨리 생성되는 보호막이나 점멸 마법과 달리 방향이나 거리를 특정할 수 있는 단거리 공간 이동술은 쓸 만했지만 공격 영술은 아니었다.

그래도 시티를 세웠던 초대 영인들의 업적을 고려하면 영술이 마법보다 훨씬 더 강한 위력을 가졌을 거라는 추측은 할 수 있었다.

"그렇게 위력적인 영술의 명맥이 끊긴 거군요?"

"완전히 끊긴 것은 아니지만 그렇다고 봐도 무방합니다. 사실 영인의 후예들만 탓할 수도 없습니다. 아르테미 차원에서는 선술이라고도 부르는 영술은 수련하기가 무척 어렵거든요. 아까도 말했지만 영술을 발휘하기 위해서는 영력이라는 힘이 필요한데 영력은 본디 이 세상에 존재하지 않았지만 아르테미인들이 최초의 영인들에게 전해 준 힘이고, 마족이나 고위급 마수의 체내에 있는 영석이나 차원석을 통해서만 늘릴 수 있습니다."

세롬의 말을 듣던 가온의 얼굴이 이상하게 변했다.

이제까지 알아본 바로는 차원석을 두고 마탑을 포함한 많은 세력이 1천 년이 넘게 연구를 했지만 알아낸 것이 거의 없다고 했는데, 세롬은 차원석에서 영력을 흡수할 수 있다고 말하는 것이다.

"정말 차원석에서 영력을 추출해서 쌓을 수 있다는 말입니까?"

"그렇습니다. 특별한 던전에서만 구할 수 있는 소모성 아이템이 반드시 필요하지만요. 그래서 1세대 영인들은 영석이나 차원석을 얻기 위해서 던전을 공략하다가 대부분 일찍 사망했습니다."

그런 사연이 있을 줄은 몰랐지만 안 그래도 영력을 늘릴 방법을 찾고 있는 가온에게는 단비와 같은 내용이었다.

"대체 왜 영인의 후예들이 선조의 능력을 제대로 계승하지 못한 겁니까?"

제대로 계승을 했다면 지금처럼 수많은 던전이 방치되지 않았을 것이다. 영력을 쌓기 위해서라도 던전을 공략했을 테니 말이다.

"계승은 했지요. 심지어 영인의 후예는 피를 통해서 영력의 일부를 물려받습니다."

영인의 후예는 영력을 가지고 태어난다는 말이다.

"그런데 뭐가 문제입니까?"

도무지 이해가 가질 않았다. 마법이나 타이탄보다 더 위력이 강한 힘 혹은 능력인 영술에 반드시 필요한 영력을 날 때부터 가졌는데 왜 영술이 후대에 제대로 전해지지 못한 것일까?

가온은 영술의 맥이 끊어진 것이 안타까웠지만 대답을 하는 세롬의 얼굴은 담담했다.

"차원석에서 영력을 뽑아내려면 특별한 아이템 외에도 영력 감응이 전제되어야 하는데 피를 통해서 영력에 대한 친화력과 소량의 영력을 물려받은 후예들의 능력으로도 쉽지 않은 일이었습니다. 물론 다른 방법도 있습니다. 가끔 고위급 던전에 서식하는 존재들을 죽이면 나오면 영석이라는 아이템의 경우 영력 감응의 단계를 건너뛰고 영력을 흡수할 수 있습니다."

세름의 대답에도 불구하고 여전히 이해가 가질 않았다.

"문제는 영석을 가지고 있는 존재들은 우리 세계의 최강자들조차 쉽게 해치울 수 없다는 겁니다. 최초의 영인들 대부분이 그런 존재들과 싸우다가 사망했을 정도이니까요."

그러고 보니 영석은 마족들만 가지고 있었다. 뢰벨르라는 고위급 마족은 당시 소드 마스터 상급 경지였던 가온의 목숨을 위협했고 지금까지 강한 트라우마를 남겼다.

타이탄이 개발된 이후 개인적인 능력이 크게 낮아진 아이테르의 마법사와 전사 들에게는 극도로 위험한 존재일 수밖에 없었다.

"3세대 영인까지만 해도 선조의 유훈을 잊지 않고 여전히 인간들을 위협하는 마수와 몬스터를 없애기 위해서 많은 노력을 기울였습니다. 하지만 시간이 흐르고 피가 옅어지고 영력에 대한 친화력이 낮아져서 연공술로 영력을 쌓기가 힘들어지자 영인의 후예들은 전사나 마법의 길을 택했습니다. 비록 옅어지기는 했지만 혈맥에 깃든 영력과 타고난 능력 덕분에 높은 지능과 다양한 힘에 대한 친화력이 높아서 일반인보다 훨씬 빠르게 성장할 수 있었지요."

결국 아이테르 차원의 지도자들은 대부분 영인의 후예들이었다.

마탑이든 시티든 말이다.

"그럼 영술은 이제 거의 자취를 감춘 겁니까?"

예지몽으로
히든랭커

"부끄럽지만 그렇습니다. 사실 영술은 제한이 많습니다. 영력도 충분히 쌓아야 하고 영술 자체도 높은 이해력과 깨달음이 필요하기에 수십 년은 고된 수련을 해야만 사용할 수 있으며, 그마저도 다른 시티의 후예들과 힘을 합쳐야 펼칠 수 있는 경우가 대다수입니다."

"힘을 합쳐야 영술을 펼칠 수 있다고요?"

"그렇습니다. 단독으로 사용할 수 있는 영술도 있지만 위력이 강한 공격용 영술은 거의 대부분 힘을 합쳐야만 펼칠 수 있습니다."

그 말을 들은 가온은 왜 그런지 잠시 생각하다가 말없이 고개를 끄덕였다.

자신이 익힌 영술 혹은 선술만 해도 한번 펼칠 때 필요한 영력이 엄청났다.

아무리 아르테미인들이 도움을 주었다고 해도 그 많은 영인들이 모두 그렇게 많은 영력을 보유하지는 못했을 테니 영술을 펼치려면 힘을 합쳐야만 했을 것이다.

어쩌면 최초의 영인들은 후손들이 서로 반목을 하고 싸울까 봐 아예 한 가지 영술을 여러 부분으로 나눠서 전했는지도 모르겠다.

"그런데 타이탄은 그런 제한이 없었습니다. 익스퍼트 경지의 전사가 많은 것은 아니었지만 그래도 어느 시티에나 수십 혹은 수백 명씩 배출이 되지요."

"그럼 타이탄 때문에 영술을 익히는 이들이 감소한 겁니까?"

"반드시 그런 것은 아닙니다. 아까도 말했지만 대가 거듭될수록 영력에 대한 친화력은 낮아지고 선조에게 물려받은 연공술로도 영력을 충분히 쌓을 수가 없게 된 점도 또 다른 이유가 되었습니다. 타이탄이 출현한 이후에도 여전히 영력을 쌓고 영술을 수련하는 이들은 있었지만 그 전과 비교하면 눈에 띌 정도로 줄어들었고 수련 정도나 수련할 때의 마음가짐도 이전보다 훨씬 가벼워졌습니다. 그래서 지금은 수많은 영술이 실전되어 버렸습니다."

"하지만 아까 레겐탈 님이 단거리 공간 이동술을 사용했습니다."

"그건 우리 마탑에서 타이탄 판매를 빌미로 영인의 후예들에게 전승되어 온 영술들을 수집해서 오랫동안 연구한 결과입니다. 그것을 얻기 위해서 본 마탑은 많은 금화를 포기했습니다. 시간이 갈수록 알붐 마탑에 밀린 가장 큰 이유이기도 합니다."

타이탄 대금 대신 시장 일가에 전해진 영술의 내용을 요구했다는 얘기다.

"하지만 그런 방법으로 획득한 영술은 다섯 개에 불과합니다. 나머지는 한두 부분이 빠져서 한 사람이 펼칠 수 있도록 수정을 할 수 없었습니다. 죽어도 자신의 가문이 가지고 있는 영술을 내놓지 않는 시장들이 있거든요."

그렇게 영인들이 후예들에게 남긴 영술이 사장되어 온 것이다. 참으로 안타까운 일이지만 충분히 이해는 할 수 있었다.

그때 묵묵히 대화를 듣고 있던 레겐탈이 입을 열었다.

"내가 마지막 영인이라고 할 수 있소. 꽤 오랫동안 영인이 되고자 하는 이들을 가르치고 있는데 세롬 탑주가 말한 것처럼 검술이나 마법에 비해서 영술을 수련하는 건 너무 어렵소. 결국 돌고 돌아서 우리 마탑도 타이탄에 공을 들일 수밖에 없었소."

그 뒤로 이어진 레겐탈의 말에 따르면 자신이 영인이기는 하지만 아이테르 차원에 닥친 위기를 해결하기 위해서는 더 높은 전투력을 가진 타이탄 개발이 가장 효과적이라고 생각하고 있었다.

세 사람은 말이 나온 김에 타이탄에 관련된 대화를 나누었는데 뜻밖에도 루툼 마탑은 감마급 개량 작업을 거의 성공한 상태였다.

몇 년만 더 공을 들이면 쓸 만한 감마급 타이탄이 출시될 거라고 장담했다.

드워프의 피를 이은 모라이족의 알름 족장이나 드워프족의 능력 덕분에 쉽고 빠르게 타이탄을 생산할 수 있었던 가온 입장에서 보면 너무나 답답한 속도지만 말이다.

다만 타이탄 전용 아공간 아이템의 개발은 이제 걸음마 단계라고 했다.

이제까지는 몬스터 웨이브나 시티 주위에 나타난 마수나 몬스터를 상대할 목적으로 타이탄을 개발하고 있었기 때문에 거기까지는 신경을 쓰지 못했다고 한다.

그렇게 타이탄을 주제로 폭넓게 대화를 나누다가 우연히 마법사 전용 타이탄 얘기가 나왔다.

"마, 마법사 전용 타이탄이라니!"

"2차 연합 전단을 상대할 때 아니테라 측에서 엄청난 위력의 마법을 사용한 것 같다는 아르카누스 텔룸의 보고를 접하고 이상하다 했더니 마법을 쓰는 타이탄이 있었던 거군. 우리도 한동안 연구를 했지만 결과가 좋지 않아서 포기를 했는데 과연 아르테미 차원이오."

세롬은 경악했고 레겐탈은 아르테미 차원이라면 그런 높은 기술력을 가지고 있다고 해도 이상하지 않다는 반응이었다.

"호, 혹시 마법사용 타이탄 개발에 도움이 되는 기술을 제공해 줄 수 있습니까? 대가가 뭐든 꼭 구입하고 싶습니다! 알붐의 독주를 막고 모두가 원하는 타이탄을 소유할 수 있는 세상을 만들기 위해서는 루툼만의 타이탄이 꼭 필요합니다!"

"나도 부탁하겠소. 마법사 타이탄이 가세한다면 그동안

엄두도 내지 못했던 고위급 던전들도 공략할 수 있게 되고 영인들을 더 많이 배출할 수 있게 될 것이오. 무엇보다 그동안 타이탄 제작 장인이 되어 버린 마법사들을 예전대로 돌려놓으려면 마법사 전용 타이탄이 꼭 필요하오."

안 그래도 건설용 타이탄과 기가스에 관련된 기술을 아이테르 차원에 풀려고 했으니 안 될 것은 없었다.

그리고 알붐에 견줄 정도는 아니더라도 옥토 에스트레에 속하는 마탑들과는 비교할 수도 없이 거대한 루툼 마탑의 타이탄 생산 능력과 관련 시설을 고려하면 두 곳 중 하나는 키워 줄 필요가 있었다.

"좋습니다. 한번 서로에게 공정한 거래를 협의해 보지요."

루툼은 아니테라에서 받은 설계도에 따라 생산한 마법사 전용 타이탄을 판매할 때마다 수익의 일정 부분을 나누길 원했지만 가온이 그런 조건을 받아들일 리가 없었다.

결국 루툼 측은 무려 300억 골드에 해당하는 마정석과 마나석 그리고 다양한 아이템을 한 달 안에 지불하기로 하고 아니테라 측으로부터 마법사 전용 타이탄의 설계도를 넘겨받기로 합의했다.

그렇게 오랜 대화가 끝나고 헤어지기 전에 레겐탈과 세롬은 선물 하나를 주었다. 그리고 선물의 내용을 확인한 가온은 돌아서서 함박웃음을 지었다.

다음 날 아침, 메를렌은 가온에게 연락을 받았다.

"일은 아직 진행 중인데 무슨 일이세요?"

무려 300여 개나 되는 시티들을 대상으로 기가스 설계도를 판매하는 것이니 이런저런 이유로 일이 지체되는 것은 당연했다.

-설계도 대금의 일부를 다른 것으로 받았으면 해서 말입니다. 아직 계약이 확정된 것은 아니니 큰 문제는 아닐 겁니다.

"무엇으로요?"

-영인의 후예 가문에 내려오는 영술을 원합니다. 사본이면 됩니다.

"……그런 것이 있다는 걸 어떻게 아셨어요?"

-저 역시 영인의 후예입니다.

"아! 그렇지요. 그런데 거부하는 시티들도 있을 거예요."

루툼 마탑의 요구에도 응하지 않았던 고집쟁이들을 말하는 것이리라.

-지금은 영술을 수련하는 사람이 거의 없을 텐데요.

"그야 그렇지만 어쨌든 선조들이 남긴 가문의 비밀이니까요. 의외로 그런 것에 완고한 후예들이 많거든요."

-그런 곳은 끝까지 가문의 비밀을 지키라고 하십시오. 사실 며칠 동안 시티 수뇌부에서 중요한 회의를 했는데 지금처럼 우리가 시티들의 자금을 빨아들이면 경제가 제대로 돌아

가지 않을 가능성이 높다고 하더군요. 그래서 고민을 하다가 돈만큼 가치가 높은 무언가를 대신 받기로 했습니다.

"정말 그런 생각이시라면 가격을 낮추어 주시면……."

—어림도 없습니다! 가진 것이 없다면 모르지만 이미 많은 것을 가진 자들에게는 제대로 된 보상을 받아야지요. 우리 시티처럼 전사로, 마법사로 마수와 몬스터 토벌에 앞장서는 바람에 영인의 후예가 세대마다 한두 명밖에 안 되는 것과 달리, 대부분의 시티는 영인의 후예라는 이름 하나로 수십 혹은 수백 명이 호의호식을 하면서 전사단에서 마탑에서 그리고 시티에서 고위직을 차지하며 풍요롭게 살아왔는데 제대로 대가를 치러야 하지 않겠습니까.

메를렌은 영인의 후예이자 시장의 후계자인 자신도 그리 편하게 살아온 것은 아니라고 항변하고 싶었지만, 시티의 후계자이면서 특사로 파견되어 용병처럼 온갖 곳을 돌아다니면서 타이탄을 판매하고 다니는 온 훈의 행적을 생각하고는 그 마음을 접었다.

사실 시티의 후계자를 포함한 영인의 후예들은 안전이 확보되지 않는 일은 절대로 맡지 않는다. 혈맥에 깃든 영인의 능력을 헛되이 잃는 것은 개인은 물론이고 시티에도 큰 손실이라는 이유에서였다.

하지만 상대가 말하는 내용의 진실 여부는 물론이고 마음까지 어느 정도 파악하는 능력을 가지고 있는 메를렌은 알고 있다.

말은 그렇게 하지만 영인의 후예들은 결국 위험은 감수할 생각이 없고 그저 권리만 누리고 싶어 한다는 사실을 말이다.

"일단 말은 해 볼게요.

대답은 그렇게 했지만 메를렌은 아니테라 측의 요구를 거절하는 시티는 없을 거라고 자신했다.

루툼 마탑의 요구에 끝까지 버텼던 시티들의 현 상황이 그것을 말해 주고 있었다.

게다가 영술과 관련된 비술들은 타이탄이 출현한 이후 가치가 바닥까지 추락했는데, 영력을 쌓거나 영술을 익히기가 어려웠기 때문이다.

"그런데 얼마나 가치를 쳐주실 건가요?"

-3할이면 적당하다고 생각합니다.

'세대가 거듭될수록 영력 친화력이 낮아지고 있어서 대금의 3할에 해당하는 가치로 쳐준다고 하면 더 좋아할 거야.'

당장 세이틀 시티만 해도 자신이나 영술을 수련하고 있을 뿐 아버지나 할아버지는 영술을 익히지 않았다.

대신 타이탄을 운용할 수 있는 전사의 길을 걸었으니 영술과 관련한 자료는 필요가 없었다.

게다가 원본을 요구한 것도 아니고 사본이면 된다고 하니 고심은 하겠지만 결국은 넘길 것이다.

예지몽으로
히든랭커

그렇게 가온과 통신을 마친 메를렌의 머리에서는 의구심만 쌓이고 있었다.

'대체 왜 영술과 관련한 자료를 수집하는 거지?'

타이탄이라는 훌륭한 전략 무기가 있는데 굳이 시간도 오래 걸리고 자질이나 각고의 노력이 없으면 일정 수준까지 도달하기도 힘든 영술과 관련한 자료를 요구하는지 그녀는 도저히 이해할 수 없었다.

잠깐 아이테르 차원으로 건너가서 메를렌과 통신을 하고 아니테라로 돌아온 가온은 레겐탈에게 선물 받은 두루마리 중 다섯 개를 꺼내 하나씩 내용을 훑어보았다.

나머지는 아직 내용이 완성되지 않았거나 힘을 합쳐야 펼칠 수 있는 영술이 담겨 있었다.

그렇게 두루마리의 내용을 확인하는 가온의 얼굴에는 숨길 수 없는 미소가 떠오르더니 계속 짙어졌다.

두루마리를 모두 확인하고 내려놓은 가온의 눈빛이 강렬해졌다.

'영력을 쌓는 연공술이라고 해서 굉장히 특별한 건 줄 알았는데 내가 익힌 청류명상법과 비슷해.'

하지만 가만히 생각하니 내용이 두루뭉술하고 은유가 많아서 이해력이 떨어지거나 영력 친화력이 높지 않으면 입문조차 힘든 것도 맞았다.

원자 혹은 분자로 이해할 수 있는 마나와 달리 영력은 분자 결합에 관여하는 특별한 힘 또는 법칙에 해당했기 때문이다.

'태생적으로 영력 친화력이 아주 높거나 누군가 입문할 때부터 상당한 기간 동안 적극적으로 가르쳐 주지 않는다면 수련 자체가 불가능하구나.'

두루마리에는 영력에 대한 친화력을 영근(靈根)이라는 단어로 표현하고 있는데 그만큼 영력은 노력으로는 감지하거나 쌓을 수 없다는 의미를 가지고 있었다.

게다가 마나로드를 뚫고 마나오션을 개발해서 쌓을 수 있는 마나와 달리 영력은 특별한 마나포인트에 해당하는 영규(靈竅) 혹은 영혈이라는 곳을 뚫고 그곳에 쌓아야만 했다.

그런데 누구나 동일한 곳에 위치한 마나포인트와 달리 영규는 충분한 영력이 쌓이면 연공을 할 때 자연스럽게 드러나는데, 영력으로 뚫어야만 하기에 영력을 쌓기가 더욱 어려웠다.

족히 100년 이상 마법과 동시에 영술을 수련한 레겐탈의 경우에도 지금까지 뚫은 영규가 겨우 36개밖에 되지 않았다.

참고로 그가 말하길 초대 영인들은 대략 100개가량의 영혈을 뚫었다고 했으니 1천여 년 사이에 영술이 얼마나 퇴보했는지 알 수 있었다.

두루마리를 다시 정독하는 가온은 연신 고개를 끄덕였다.

영력에 대한 레겐탈의 깊은 이해와 깨달음에 필요한 상세한 설명은 물론이고 예시들이 들어 있었다.

영력은 마기나 마나처럼 별개의 힘이기도 하지만 법칙에 해당하는 특별한 힘을 담고 있어서 마기와 마나를 영력으로 바꾸거나 그 반대의 경우도 가능했다.

'확실히 영력은 마나보다 의식의 힘에 더 쉽고 빠르게 반응해.'

두루마리에는 영력이 의식의 파동과 비슷한 에너지라는 사실을 명백하게 밝히고 있었다. 그래서 마나나 마기보다 더 빨리 의식에 반응하는 것이다.

몸에 영력이 쌓이면 신체 대사가 기이할 정도로 높아지며 딱히 운동을 하지 않아도 근육과 관절, 뼈와 신경의 활성도가 유지된다고 했다.

아마 영규를 뚫기 전에는 마나오션이나 마력링 혹은 마정석과 같은 저장 기관이 따로 없어 온몸 곳곳에 퍼져 있어서 그런 것으로 보였다.

'처음 입문하는 입장에서는 뜬구름 잡는 것 같은 내용인데 이게 기초에 해당하는 연공술이라니.'

영력에도 속성이 있는데 이 연공술은 주로 초목이 왕성한 곳에서 연공을 하라는 것을 보면 목 속성력을 기반으로 하는 연공법인 것 같았다.

나머지 네 두루마리는 각각 의식을 강화하는 강령술(强靈

術)과 영력으로 검을 날리고 조종하는 비검술(飛劍術), 텔레포
트 마법과 비슷하지만 이동 거리가 수백 보 거리 이내에 방
향과 거리를 설정할 수 있는 공간 이동술, 자신의 영력을 꾸
준히 주입해서 의식만으로 발동하는 것이 가능한 소위 영기
(靈器)를 제련하는 제련술이 담겨 있었다.

의식을 강화하는 강령술이야 연공법과 비슷하지만 세 영
술은 생각보다 쓸모가 있었다.

특히 수백 보 거리에 한정되지만 방향과 거리를 설정할 수
있는 공간 이동술은 장거리 공간 이동 마법인 텔레포트나 단
거리지만 방향은 전혀 설정할 수 없는 점멸, 즉 블링크 마법
보다 훨씬 더 효용성이 뛰어났다.

초당 1천의 영력으로 검을 날리고 조종하는 비검술은 이
미 마나로 거의 동일한 효과를 낼 수 있어서 큰 소용은 없었
지만, 제련술은 굉장히 흥미를 끌었다.

특히 제련한 단검을 비검술에 사용하면 마음대로 움직임
이나 속도를 조종할 수 있었다.

마나의 경우 일정한 물체에 담아 두는 건 굉장히 어려웠
다.

본래 마나는 원래 있던 곳, 즉 대기로 돌아가려는 성질을
가지고 있었기 때문이다.

그래서 어떤 아이템, 즉 검과 같은 물체에 일정한 속성의
마나를 담아 두려면 굉장히 높은 수준의 마법진을 여러 개

새겨야 하며 중심을 잡아 주는 특별한 에너지 집적체, 즉 고품위의 마정석이나 마나석이 필요했다.

그런데 마나나 마력을 주입할 경우 일정한 효과를 발휘하는 마법진을 해당 물체에 새기는 작업은 높은 집중력을 유지해야 하기 때문에 굉장히 난이도가 높은 작업이다.

게다가 그런 작업은 실패율도 높지만 재료의 가격도 굉장히 비싼 편이다.

그래서 매직 아이템은 일반 사람들은 감히 생각도 하지 못할 정도로 비싸다. 아이템을 만들다가 실패하는 경우까지 고려해야만 했다.

그렇게 만든 매직 아이템이라고 하더라도 소유자의 의지대로 조종하는 것은 거의 불가능하다.

하지만 제련술을 통해 제련한 영기는 달랐다. 소유자의 영력이 담겨 있어서 소유자가 의지대로 움직일 수 있었기 때문이다.

'영력은 마력이나 마나와 달리 의식의 힘에 민감하게 반응하니 가능한 일이야!'

영력이나 영술에 대해서 연구를 할수록 흥미로웠지만 가온은 당장 영술을 수련할 생각은 없었다. 현재의 그에게는 영술보다 위력이 강한 스킬들이 많이 있었다.

한편 알붐 마탑에 이어서 루툼 마탑도 한밤중에 공습을 당했다는 사실을 전해 들은 루보르 마탑의 레이트와 니그룸 마탑의 피넬리는 다음 날 밤을 꼬박 새웠지만 걱정했던 공격은 없었다.

'설마 아니테라 측이 우리의 사정을 알고 있는 건가?'

당연히 가온은 자신을 습격한 콰드라스 카르도 측의 연합 전단 타이탄 라이더를 죽이기 전에 정신 지배 스킬로 사정을 파악한 것이지만 두 사람은 몰살당했다고 알고 있기에 그저 의문만 품을 뿐이었다.

어쨌든 알붐 마탑과 루툼 마탑만 엄청난 피해를 입은 것이다.

그때 루툼 마탑의 세롬 탑주가 두 사람을 은밀하게 초대해서 사정을 설명했다.

"그랬구나!"

"아르테미 차원에서 우리 차원을 돕기 위해서 찾아온 거였어!"

세 사람은 반나절 가까이 현 상황에 대해서 진지하고 깊은 대화를 나누었고 향후의 대책을 논의했다. 그리고 마침내 결론을 도출할 수 있었다.

다음 날 아이테르 차원의 전 시티와 마탑에는 충격적인 내용이 전달되었다.

-이 시간부로 루툼, 루보르, 니그룸 마탑은 콰드라스 카르도에서 탈퇴한다.
-우리 세 마탑은 현재보다 세 배 이상 많은 알파급과 베타급 타이탄을 생산할 예정이며, 권역과 상관없이 매주 경매를 통해서 판매할 것이다.
-우리 세 마탑은 이른 시일 내에 마법사 전용 타이탄을 공동으로 생산하고 판매할 예정이다.

당장 몬스터 웨이브의 위험에 놓인 시티들의 입장에서는 콰드라스 카르도의 해체 건은 중요한 일이 아니었지만, 함께 공표된 내용에는 환호했다.

세 마탑은 앞으로 일정 구역이 아니라 대륙 전체의 시티를 대상으로 규모에 맞게 빠짐없이 배분되어 판매할 예정이라고 했기 때문이다.

판매하겠다는 타이탄의 양도 비약적으로 증가했다.

일명 옥토 에스트레라고 불리는 여덟 마탑이 알파급 타이탄의 생산을 중지하고 기가스 생산에만 전념하겠다고 했기 때문에 알파급 타이탄을 구하기는 더욱 어려워졌지만, 그것을 만회하고도 남을 양이었다.

그렇게 열두 마녀의 내밀한 사정을 아는 이들에게는 천지가 개벽하는 변화가 시작되었지만 아직 그 변화를 체감하기에는 일렀다.

일단 세 마탑이 판매하기로 한 타이탄의 수량이 크게 증가했지만 시티의 입장에서 보면 경매는 구입가가 높아지는 부정적인 효과가 있었다.

일단 새로운 시스템이 정착되어야 변화를 실감할 수 있을 것이다.

그럼에도 불구하고 마법사들은 그 어느 때보다 더 흥분한 상태에서 마법사용 타이탄 출시를 기다리고 있었다. 마력을 증폭해서 더 높은 수준의 위력적인 마법을 발휘할 수 있는 기회를 고대하지 않을 마법사는 없었다.

그런 가운데 은밀한 소문이 퍼졌다.

알붐 마탑이 모종의 세력에 공격을 당해서 마탑과 타이탄 공방 등 관련 시설이 모조리 파괴되었는데, 그 모종의 세력이 아니테라 시티일 가능성이 높다는 내용이었다.

아니테라 시티가 공격을 당한 이유는 명백했다.

알붐 마탑이 주축인 콰드라스 카르도가 먼저 공격을 했다는 사실은 다들 알고 있었다.

사람들이 놀란 이유는 불과 얼마 전만 해도 생소했던 아니테라 시티가 대륙에서 가장 강력한 위세를 떨치고 있었던 알붐 마탑을 무력화시킬 정도로 강력한 전력을 갖추고 있다는 사실 때문이었다.

그렇게 아니테라 시티의 이름이 널리 퍼지기 시작했는데, 정작 사람들이 관심을 가진 것은 기가스였다.

기가스를 판매한 효과가 빠르게 가시화된 것이다.

경매를 통해서 기가스를 먼저 낙찰을 받은 시티를 중심으로 던전에서 나온 다양한 아이템과 무구는 물론이고 마수와 몬스터의 부산물로 인해서 경제가 급격하게 활성화되기 시작했다.

던전을 공략하기 시작한 시티들은 이미 전사들과 용병들을 동원해서 시티 외곽의 마수와 몬스터 들을 말끔하게 사냥한 상태라고 알려져서 상행도 빈번하게 오갔다.

시티의 전사단과 시티에서 내로라하는 대형 용병단들은 경매에서 낙찰을 받은 기가스와 던전에 대한 정보를 이용해서 시티 주위의 던전을 공략하기 시작했고, 매번 엄청난 수익을 거두고 있다는 사실이 널리 알려지면서 기가스의 인기가 폭발했다.

기가스는 익스퍼트 중급은 되어야만 탈 수 있는 알파급 타이탄과 달랐다.

마나 증폭은 할 수 없지만, 하급 마정석으로 3시간 정도 기동할 수 있으며 동화율이 높아서 라이더의 기량을 제대로 발휘할 수 있는 장점이 있었다.

노련한 라이더의 경우 단독으로 트롤도 사냥할 수 있다고 알려졌지만 현실적으로는 오크 전사장 정도가 한계였다.

그래도 검기를 생성하지 못하는 전사나 용병들에게는 오크 전사장을 사냥할 수 있는 기가스는 엄청난 전략 무기였다.

그런 이유로 시티와 상단 그리고 용병단 들은 어떻게든 기가스를 구입하려고 용을 썼지만 아니테라 측과 선이 닿는 인사들은 많지 않았다.

덕분에 건설용 타이탄의 판매를 중개하는 세이틀 시티의 후계자인 메를렌의 인기가 상종가를 치고 있었다.

무수한 시티의 시장과 관계자들이 그녀와 선을 대기 위해서 갖은 수단을 동원하고 있었다.

가온은 지역 용병 길드를 순회하면서 기가스의 경매를 진행하는 한편 경매에 올릴 정보를 위해서 던전 공략에 열을 올리고 있었다.

그렇게 바쁘게 시간을 보내고 있던 가온은 메를렌으로부터 통신을 받고 당혹감을 감추지 못했다.

"루보르와 니그룸에서 아공간 전용 카드에 대한 기술을 넘겨받는 조건으로 100억 골드를 제안했다고요?"

-네, 맞아요. 기가스도 아공간 전용 카드가 있는데 왜 알파급 타이탄은 없느냐는 불만이 쇄도한다고 하네요.

이해는 하지만 두 마탑에서 공식적으로 이런 제안을 해 올 줄은 예상하지 못했다.

아마 루툼 마탑 측에 마법사용 타이탄 설계도를 넘겨주기로 한 것 때문에 몸이 단 모양이다.

'역시 비즈니스의 세계에서는 영원한 친구도, 적도 없는 거구나.'

마음 같아서는 단호하게 거절하고 싶은데 차원 의뢰를 위해서는 콰드라스 카르도에 속했던 그들의 타이탄 생산 능력이 필요했다.

"일단 만나서 얘기를 들어 보고 싶군요."

-가능해요. 마침 그쪽에서도 아니테라의 시장이나 마탑주가 안 된다면 온 훈 경을 만나고 싶다고 했어요.

"좋습니다. 그럼 영애가 시일을 결정해서 알려 주십시오."

던전을 공략하는 일이 중요하기는 하지만 콰드라스 카르도에서 남은 두 마탑과의 만남도 중요했다.

'루툼 측이 욕심을 부리지 않고 합작을 제안했지만, 그래도 마법사용 타이탄은 향후 루툼이 주도할 거야. 그럼 루보르와 니그룸은 건설용 타이탄을 생산하도록 할까?'

어차피 차원 의뢰를 완수하려면 넘겨야 할 기술이다.

-그런데 재미있는 상황이 벌어졌어요.

"뭡니까?"

-알붐 마탑의 칼리판 탑주가 온 훈 경을 만나고 싶대요.

"무슨 이유로요?"

아니테라의 공격에 박살이 나 버린 알붐 마탑의 탑주가 왜 자신을 만나려고 하는지 이해할 수가 없었다.

─그거야 저도 모르지요.

정말 메를렌이 말한 것처럼 재미있는 상황이다.

"굳이 만나야 할 필요가 없다고 생각합니다."

─그럴 거라고 생각했어요. 아무튼 온 훈 경의 거절로 인해서 알붐 마탑은 더 이상 선도적인 역할을 하지 못할 거예요.

그간 시티와 마탑 들을 상대로 갑질을 부렸던 알붐 마탑의 향후 입지는 크게 흔들릴 수밖에 없었다.

"그건 그렇게 일은 어떻게 되어 갑니까?"

─거의 다 진행되었어요. 누가 기가스의 설계도를 거부하겠어요. 처음에는 가격 때문에 망설이던 시티들도 기가스의 활약이 알려지고 나서는 몸이 후끈 달아서 오히려 빨리 진행해 달라고 요청할 정도인걸요.

"그럼 빨리 진행합시다!"

─알겠어요. 서두를게요. 곧 다시 연락드릴게요.

이제야 차원 의뢰의 끝이 보이는 것 같다.

'그래도 아이테르 차원의 세력들이 감당하기 힘든 던전들을 제대로 공략해야 의뢰가 완수되겠지?'

그동안 모은 던전에 대한 정보는 모둔이 정리를 해 두었다.

'이제 전력을 다해서 위험한 던전들을 정리하자!'

그동안 지겨울 정도로 오랜 시간을 보내면서 아이테르 차원에서 힘을 비축했으니 한꺼번에 방출해서 의뢰를 완수해야만 했다.

낭보

오늘 밤도 다른 날과 다름없이 아레오와 아나샤는 가온과 음양대법을 펼치면서 사랑을 나누었다.

세 사람은 동시에 즐거움을 느낄 수 있는 체위를 번갈아 취하면서 늘 하던 대로 서로의 음기와 양기를 교환했는데, 벌써 대법을 시작한 지 한 시간 가까이 되어 더 이상은 견디기 어려웠다.

교합을 할 때마다 항상 음양대법을 연공했기 때문에 이젠 아레오와 아나샤도 체위에 따라 정해진 음양의 교환 회수를 마칠 때까지 차오르는 절정감을 참을 수 있게 되었고, 근래에 들어서는 참았다가 한꺼번에 폭발하는 것이 더욱 황홀하다는 사실을 깨달았기에 더욱 인내심이 강해졌다.

그렇게 모든 체위를 대법의 내용에 맞추어서 정확하게 마칠 때까지 절정감을 겨우 참아 낸 세 사람 중 아나샤와 가온은 눈빛을 통해서 마지막 순간을 맞추었다.

날로 강렬해지고 있는 절정감 때문이 아니었다.

그동안 꾸준하게 음양대법을 연공하면서 음기와 양기의 교환 효율이 가장 높은 순간이 바로 동시에 절정에 오를 때라는 사실을 잘 알고 있었기 때문이다.

감당하기 힘들 정도로 강렬한 쾌감이 엄습하는 순간 가온은 몸을 딱딱하게 굳힌 상태에서 억지로 의식을 강하게 만들어서 자신의 양기를 방출했다.

순간 눈앞에 아찔할 정도로 강렬한 쾌감이 몸과 영혼을 엄습했지만 가온은 한 줄기 의식으로 아나샤가 음기를 방출하는 것을 느끼고 음기를 흡수하기 시작했다.

음양대법을 시전하는 동안 받아들인 양기를 변환을 시켜 키운 아나샤의 음기는 서늘하면서도 청량해서 흩어지려는 가온의 의식을 깨웠다.

그 순간 이루 형용할 수 없는 쾌감에 잠식된 아나샤 역시 몸을 가늘게 떨면서도 필사적으로 가온의 양기를 흡수했는데, 몸은 물론 영혼까지 태워 버릴 것 같은 강렬하고 뜨거운 열기가 온몸으로 빠르게 퍼지자 소리도 내지 못하고 꺽꺽거렸다.

가온의 양기는 화산의 용암보다 더 뜨거웠지만 그녀에게

는 전혀 해가 되지 않았다.

몸의 노폐물은 이미 오래전에 다 태워 버렸고 지금은 그녀의 몸과 영혼을 마치 열기로 제련을 하듯 강하게 만들고 있었기 때문이다.

그렇게 서로의 양기와 음기가 정확하게 방출과 흡수가 이루어지고 계속해서 이어지면서 두 사람은 마치 자신이 원래는 서로와 동일한 존재였던 것 같은 감각과 함께 충만함을 만끽할 수 있었고, 잠시 후에는 영혼까지 합일되면서 의식이 강대해지는 것 같았다.

이런 건 처음이었다. 이제까지는 미세하게 그 순간이 빗나갔던 것이다.

누군가 먼저 절정에 오르거나 너무 강렬한 쾌감에 매몰되어 대법에서 가장 중요한 기의 동시 교환 시기를 놓쳤던 것이다.

그렇게 이전과는 차원이 다른 완벽한 절정감을 느낀 가온과 아나샤는 계속해서 음기와 양기를 교환했고, 안개와 같던 음기와 양기는 빠르게 몸집을 키우더니 어느새 구렁이처럼 커져 결합된 성기를 통해서 두 사람 사이를 오갔다.

그런데 서로 얽히고설킨 음기와 양기는 두 사람의 영혼은 물론 몸 구석구석을 단단하게 변화시키고 있었다.

근육과 뼈는 밀도가 높아졌고 신경망은 더욱 활성화되었으며 마나로드와 마나오션이 눈에 띄게 확장되었다.

두 사람에게는 아득하게 느껴지는 시간이었지만 대법의 마지막 순간부터 그런 변화가 일어난 때까지 실제로 걸린 시간은 불과 몇 초밖에 되지 않아서, 아레오는 폭발하려는 쾌감을 간신히 누르면서 두 사람의 변화를 신기한 눈빛으로 지켜보았다.

　'세상에! 바디체인지라니!'

　가온의 외모는 별 변화가 없었지만 아나샤의 경우는 달랐다.

　이전에도 미모가 부족한 것은 아니었지만 이목구비가 미세하게 조정이 되면서 더욱 미태(美態)가 흘렀고, 피부 상태나 몸매까지 변해서 여성으로서 전성기인 20대 초반으로 보였다.

　하지만 아나샤는 그런 변화를 전혀 인지하지 못했다.

　아무리 노력했지만 음기와 양기의 순환이 오래 지속되면서 그만 의식을 잃고 만 것이다.

　그렇게 아나샤가 의식을 잃자 음기와 양기의 순환이 멈추었는데, 가온이 몸을 일으키자 그녀의 몸은 두껍고 신성한 빛에 감싸여 마치 고치로 변한 것 같았다.

　거기까지 지켜본 아레오는 자신을 안아 오는 가온의 품에 얼굴을 묻었다.

　"오, 온 랑!"

　가온과 하나가 되는 순간 아레오는 장렬하게 폭발해 버렸고 참고 참았던 음기를 방출하는 동시에 한 줄기 의식으로 가온의 양기를 흡수했다.

그리고 아나샤가 먼저 경험했던 놀랍고 신기한 현상을 몸과 영혼으로 받아들이다가 어느 순간 의식을 잃었다.

시간이 얼마나 흘렀을까.

땀에 푹 젖은 상태로 누워 있던 세 사람이 정신을 차렸는데 서로를 바라보는 눈에는 상대에 대한 애정이 가득했다.

짧은 순간이었지만 세 사람은 완벽한 일치감을 맛보았다.

분명히 다른 존재임에도 불구하고 그 순간에는 하나로 합쳐진 것 같은 합일감과 함께 더없이 충만하며 인간의 한계를 넘은 것 같은 기묘한 고양감에 젖어 들 수 있었다.

가볍게 입맞춤을 하며 대법의 마무리를 한 세 사람은 바로 자신에게 일어난 변화를 느낄 수 있었다.

"어멋!"

가장 먼저 변화를 확인한 건 아나샤였다.

"우트님의 힘이 바뀌었어!"

"으응? 그게 무슨 소리야, 언니?"

자신의 몸 상태를 살펴보고 희색이 되어 뭔가 얘기를 하려고 했던 아레오가 비명을 지르듯 소리를 지른 아나샤에게 물었다.

"우트님이 주신 힘의 성질이 바뀌었어."

"그럼 언니는 더 이상 신성력을 사용할 수 없는 거야?"

아레오가 불안한 얼굴로 물었다.

"아니야! 신성력을 마나로, 마나를 신성력으로 전환할 수 있게 된 거야."

"그럼 좋은 거잖아!"

"맞아! 엄청나게!"

아나샤가 믿는 우트 여신이 모든 곳에서 힘을 줄 수 있는 건 아니다.

유일신이 관리하고 있는 차원에서는 우트 신의 힘이 제대로 전해지지 않는다.

그런 곳에서는 당연히 아나샤가 제대로 힘을 쓸 수가 없다. 기도를 해도 우트 여신의 힘을 제대로 채울 수 없으니 말이다.

그러니 어떤 곳이든 사랑하는 가온과 함께하고 싶은 아나샤로서는 고민이 될 수밖에 없었다.

그런데 그런 약점을 해결할 수 있는 변화가 일어난 것이니 아나샤가 이렇게 기뻐하는 것도 무리는 아니다.

게다가 더 기쁜 것은 신성력의 양이 3할 정도 늘어났다는 점이다.

나중에 추측한 것이지만 그동안 가온이 주기적으로 내어 준 다양한 영약을 섭취한 결과로 몸에 쌓여 있던 마나가 신성력으로 전환된 것 같았다.

"잘됐다, 언니! 그런데 나도 마력이 3할 정도 늘어난 것 같아. 몸 상태도 꼭 바디체인지를 한 것처럼 새롭게 바뀐 것 같고, 의식의 힘이 강해져서 마법을 더 쉽고 빠르게 펼칠 수 있을 것 같아."

"아아아. 맞아! 바디체인지! 나도 바디체인지를 한 것처럼 몸이 바뀌었어."

이미 아레오는 목격한 바지만 둘 다 여자로서 가장 절정인 20대 초반의 몸으로 바뀌어 있었다. 바디체인지의 놀라운 효과였다.

그렇게 두 여인이 자신들의 변화에 놀라고 감탄할 때 가온은 상태창을 확인하고 너무 충격을 받아서 입을 다물지 못했다.

'에너지가 모두 5할이나 증가했어!'

다른 사람들의 기준에서 보면 그야말로 무지막지한 양이었음에도 불구하고 음양기, 마력, 영력, 신성력 모두 5할가량 증가했다.

다른 스텟 역시 평균적으로 3할 정도 증가해서 정말 바디체인지를 했다고 해도 믿을 정도로 엄청난 변화가 발생했다.

'대체 어떻게 된 거지?'

경지가 올라간 것도 아닌데 이런 엄청난 변화가 일어나다니 이해할 수가 없었다.

그때 모둔의 의념이 전해졌다.

―온 랑, 축하드려요!

'모둔은 왜 이런 일이 벌어졌는지 알고 있는 거야?'

―네, 온 랑. 세 사람이 꾸준히 수련한 음양대법이 완성된 것 같아요.

정말 음양대법이 이렇게 놀라운 일을 만들었단 말인가?

―일전에 말해 주신 음양대법의 내용으로 보건대 방금 전처럼 음양이 완벽하게 합일되는 순간 증폭의 효과가 발생한 것 같아요.

"오오오!"

절로 탄성이 흘러나온다.

다양한 체위를 통해서 육체적인 쾌감을 증폭시키는 것과 동시에 정신적인 합일감을 높임으로써 애정이 깊어지고 음기와 양기의 교환을 통해서 서로의 기운을 순화해 주는 효과가 있다는 정도로만 음양대법을 받아들였던 가온은 놀랄 수밖에 없었다.

―온 랑, 이제 저와도 음양대법을 연공해요.

'모둔에게는 별 효과가 없을 거라고 하지 않았어?'

―제가 너무 쉽게 생각한 것 같아요. 인체는 단순한 에너지의 집약체가 아니라 오묘한 진리가 깃들어서 미지의 신비가 담겨 있는 것 같아요.

'좋아. 그러자.'

체위를 정확하게 취해야 하고 호흡이나 횟수에 신경을 써야 하기 때문에 처음에는 성감이 떨어지는 단점이 있었지만 나중에는 오히려 더 흥분도나 쾌감이 커졌고, 이렇게 대법을 완성하고 나서 얻은 효과를 생각하니 모둔에게도 음양대법의 효과를 누리게 해 주고 싶었다.

모둔은 본래 정령체였기 때문에 굳이 음기와 양기를 교환하지 않아도 평형 상태를 유지할 수 있고 완벽한 육체이기 때문에 바디체인지도 필요하지 않지만, 음양대법이 전혀 불필요한 건 아니다.

어쨌든 그녀도 양기보다 음기가 더 많은 여성인 것이다.

그렇게 모둔과의 대화를 통해서 사정을 파악한 가온이 아레오와 아나샤에게 시선을 돌렸을 때 그녀들은 희열에 가득한 얼굴로 명상을 통해 자신의 변화를 살펴보고 있었다.

얼마 후 명상에서 깨어난 두 사람의 말을 들은 가온은 자신의 경우보다 더 획기적인 변화에 깜짝 놀랐다.

아레오는 마력과 정신력 그리고 지력이 크게 늘어서 이제 원하는 대로 연상 마법을 펼칠 수 있게 되었으며, 서클 마법으로 치면 8서클 러너에 해당한다고 했다.

아나샤는 이전에는 우트의 힘이 미치는 장소에서만 신성력을 사용할 수 있었지만, 이젠 마나가 존재하는 곳이라면 어디든 신성력을 사용할 수 있게 되었으며 회복할 수 있다고 했다.

심지어 신성력을 회복하는 시간도 이전보다 3배 이상 빨라겼고 그 양도 두 배가량 더 늘었다고 했다.

"이젠 수련보다는 실전을 통해 숙련도를 올리고 새로운 깨달음을 얻어야 할 시점이 된 것 같아요!"

"저도요!"

드디어 아레오와 아나샤의 수련이 끝난 것이다.

'잘됐다!'

서클 마법처럼 속성의 한계도 없이 그저 머릿속에 선명하게 그리는 현상을 만들어 내는 연상 마법의 효용은 말할 것도 없었지만, 마물이나 마족에게 현저하게 강한 대미지를 줄수 있는 신성 마법을 구사할 수 있는 아나샤의 합류는 그야말로 가온에게 날개를 달아 주는 것이나 다름없었다.

낭보는 그것만이 아니었다.

"드디어 감마급 타이탄이 완성되었습니다!"

얼굴이 반쪽이 된 알름과 라트렌이 가온이 그렇게 기다리던 소식을 전해 주었다.

불완전하기는 하지만 콰드라스 카르도 측에서도 감마급을 제작해서 운용하고 있기 때문에 전력의 균형을 맞추거나 압도하기 위해서라도 감마급 타이탄이 필요했다.

소드 마스터는 되어야만 제대로 된 위력을 발휘할 수 있는 감마급 타이탄이 개발되었다면, 자신을 제외하고도 38명이나 되는 대전사장들이 제대로 활약을 할 수 있을 것이다.

마나 증폭을 이용해서 다양한 오러 형상체를 활용할 수 있는 감마급 타이탄은 고위급 마수나 몬스터는 물론이고 마계에 연원을 둔 마물이나 마족까지 상대할 수 있었다.

기대에 차서 달려간 타이탄 공방에는 베타급 타이탄과는 비교도 할 수 없이 위풍당당한 거대한 타이탄이 서 있었다.

급한 마음에 공을 세운 이들에게 치사(致謝)조차 하지 못하고 타이탄에 탑승한 가온은 정신을 쏙 빼놓고 기동을 한 후 드물게 짓는 만족한 미소를 떠올리며 나왔다.

"베타급과는 차원이 다르군요. 고생하셨습니다! 정말 큰일을 해 주셨습니다!"

"아닙니다. 헤루스께서 구해다 주신 아이테르의 감마급 타이탄들이 결정적인 부분을 해결하는 데 큰 도움이 되었습니다."

"맞습니다. 사실 우리가 자체적으로 개발할 수도 있었지만 헤루스 덕분에 시간이 많이 단축되었습니다."

가온이 확인해 본 감마급 타이탄의 제원은 아주 놀라워서 기존의 동급은 훨씬 뛰어넘었고 유적에서 12기가 발굴되어 연구용으로 사용되고 있는 델타급과 크게 차이가 나지 않았다.

체고 10미터에 상급 마정석이 구동원이라서 출력은 35룩스나 되었고, 르테인 아니, 마나 증폭률은 무려 12배에 달했다.

동화율도 최소 70%이어서 제대로 훈련을 하면 평소 움직임과 큰 궤리 없이 움직일 수 있었다.

무엇보다 방어력과 민첩성이 현저하게 올라갔다. 드워프
족의 비전으로 만든 다양한 합금을 사용한 덕분이었다.

그렇기에 재료비가 50만 골드에 달할 정도로 비싸고 한 번
기동하는 데 20개의 상급 마정석이 필요하다는 점이 유일한
단점이지만, 이젠 헤아리기 어려울 만큼 많은 마나석과 마정
석을 확보한 가온에게는 별 부담이 되지 않았다.

"생산 계획은 어떻게 됩니까?"

"당분간은 새로운 타이탄을 개발하지 않을 생각이고 개발
진이 감마급 타이탄을 생산할 예정인데 하루에 3기에서 4기
정도는 제작할 수 있을 것 같습니다."

"일단 50기까지만 만들어 주십시오."

보름 정도면 충분한 수량이 생산될 것이다. 그럼 자신은
물론이고 대전사장들까지 감마급 타이탄 라이더가 되는 것
이다.

'그때부터는 지금까지 파악하고 방치했던 S급 던전들을 공
략해야지!'

아틀라스와 더불어 무려 38기에 달하는 감마급 타이탄이
라면 S급 던전은 물론이고 어떤 상황에서든 아주 강력한 무
기가 되어 줄 것이다.

'거기에 모둔의 것을 제외한 두 황비 타이탄도 있어!'

이제야 시간을 너무 잡아먹어서 암담하기만 했던 차원 의

뢰를 해결할 수 있겠다는 확신이 들었다.

가온은 자신의 아공간을 뒤져 다양한 영약을 주는 것으로 개발진의 노고를 치하하고 그들이 원하는 대로 사흘의 휴가를 주었다.

그날 밤 가온은 아레오와 아나샤에 이어 모둔과도 처음으로 음양대법을 펼쳤다.

"어때? 효과가 있는 것 같아?"

"처음이라서 그런지 아니면 신경 쓸 것이 많아서 그런지 몰라도 성가시다는 생각이 들었어요."

모둔이 솔직한 자신의 의견을 말했다.

"처음엔 아레오와 아나샤도 그랬고 나도 그랬어."

그래도 가온은 이미 음양대법을 마스터한 상태이기에 모둔을 적극적으로 리드해서 음기와 양기의 교환을 강제로 이끌어 냈다.

아마 조금 더 시간이 흐르면 마나에 민감한 모둔도 효과를 눈으로 확인할 수 있을 것이다.

모둔의 마나야 굳이 순화를 할 필요도 없지만 가온의 양기를 받아들여서 음기를 자극하는 방식으로 활성화하는 것으로 마나 축적 효율을 높일 수 있었다.

"그나저나 모둔에게 부탁할 게 있어."

"뭔데요?"

"감마급 타이탄까지 개발되었으니 이제 본격적으로 S급 던전들을 공략해야 할 것 같아. 그러니까 모둔이 나 대신 아이테르 차원에서 타이탄과 관련된 일을 맡아 줬으면 해. 다행히 많이 움직일 필요가 없이 세이틀 시티에 머무르면서 처리를 하면 될 거야."

아레오나 아냐샤는 그런 일을 좋아하지도 않았고 능력도 부족했지만, 모둔이라면 믿을 수 있었다.

"알겠어요. 저도 온 랑과 함께 던전을 공략하고 싶지만 그리 중요한 일이라니 제가 맡을게요."

정말 가온과 함께 황비 타이탄을 타고 던전에서 활약을 하고 싶었지만 이제 알파급 타이탄에 어느 정도 적응한 정도의 능력으로는 가온의 발목만 잡을 뿐이다.

'안 그래도 메를렌이라는 여자가 꼬리를 치는 것 같았는데 잘됐어!'

"대신 지금 하고 있는 일은 원로 회의에 맡기도록 하지."

"바쁘게 되면 그렇게 할게요. 그런데 두 개로 갈라진 콰드라스 카르도는 어떻게 처리할까요?"

"어떻게 하는 것이 좋을까?"

"온 랑의 차원 의뢰를 생각하면 굳이 알붐 마탑만 배제할 필요가 없다고 생각해요. 오랫동안 타이탄 관련 분야에서 압도적인 우위를 차지했었으니까요. 다만 그동안 그들이 해 온 짓이 있으니 우리 아니테라가 보유한 타이탄 관련 기술을 옥토 에스트레를 포함한 신흥 세력을 밀어주면 자연스럽게 경쟁이 붙겠죠. 물론 한쪽이 일방적으로 밀리면 안 되니까 적절하게 조정할 필요는 있지만요."

"그래. 그 부분은 모둔이 상황에 따라서 처리하도록 해."

자신만만한 모둔의 태도에 가온도 마음이 놓였다.

'그러고 보니 너무 나 혼자 해결하려고 했네.'

그러고 보니 모둔도 공간 이동 능력이 있다. 그것도 아주 뛰어난.

'아!'

생각해 보니 모둔에게 이런 일을 맡기지 않으려고 했던 이유가 떠올랐다.

'너무 예뻐서 걱정이네.'

추앙을 받는 정도라면 얼마든지 기쁘게 즐길 수 있을 텐데 쓸데없는 날파리들이 달려들어서 귀찮게 할까 걱정이 되었다.

"호호호. 걱정하지 마세요. 인식 장애 마법을 익혀 두었으니까요. 아니, 이참에 아예 다른 외모로 바꿀게요."

모둔은 가온의 생각을 읽기라도 한 듯 바로 자신이 준비한 해결책을 제시했다.

"어떻게?"

"이런 모습은 어때요?"

모둔은 가온이 보는 앞에서 외모를 바꾸었는데 그야말로

순식간이었다.

"흐음. 적당하네."

강인하고 차가운 이미지를 가진 날렵한 체구지만 범접하기 힘든 아우라를 가진 여인으로 변한 모둔이지만 그를 바라보는 눈빛은 똑같았다.

"대신 호위대와 동행해."

"알겠어요. 호위대의 규모는 어떻게 할까요?"

"감마급 5기, 베타급 30기, 알파급 120기, 기가스 150기 정도면 되겠지?"

"과분하네요. 거기에 휴먼족 몇 명을 붙여 주시면 될 것 같아요."

"알았어. 지시해 두지."

땀에 젖은 가온의 품을 파고드는 모둔의 입꼬리는 위로 올라가 있었다.

기가스 설계도와 타이탄을 판매하는 것은 가온이 차원 의뢰를 완수하는 데 가장 중요한 일이며 자신에게 소드 마스터를 다섯 명이나 붙여 준다는 얘기는 그만큼 자신을 아낀다는 의미였다.

보름이 지났다.

대전사장들은 감마급 타이탄을 지급받았고 그들이 탔던 베타급 타이탄은 다음 순위의 전사장들에게 주어졌다.

그러다 보니 이제는 대전사장들은 감마급, 전사장은 베타급, 중급 이상의 전사는 알파급, 하급 전사들은 기가스를 지급받아 완벽한 타이탄 전단을 구성할 수 있었다.

그렇게 되자 가온은 벼리의 조언을 받아서 갓상점에서 구입한 다양한 규모의 합격진을 훈련하도록 지시했다.

전사들은 세 명부터 1천 명으로 구성되는 다양한 합격진을 훈련하느라고 굵은 땀을 흘렸지만 누구도 힘들다고 불평하지 않았다.

사상자가 없기를 바라는 가온의 의지와 합격진을 완벽에 가깝게 운용하지 못하면 아이테르 차원의 던전을 공략할 수 없다는 사실을 다들 잘 알고 있었기 때문이다.

그렇다고 합격진만 훈련하는 건 아니었다.

마법사단과 연수해서 전투 효율을 높이는 훈련 역시 받아야만 했다.

가온 역시 훈련을 하고 있었다. 아틀라스는 자율 기동이 가능했고 다섯 종의 타이탄 검술에 정통했기 때문에 대련을 통해 검술들은 전수받는 동시에 타이탄 전투 경험을 높이고 있었다.

물론 아틀라스를 탑승한 상태로 기동하는 훈련도 게을리하지 않았다.

막대한 마나를 보유한 가온이 탑승할 경우 아틀라스의 전투력이 비약적으로 상승하기 때문이었다.

아레오와 아나샤도 종일 타이탄 훈련장에서 보냈다. 개인적인 수련이 끝났기에 이젠 동료들과 합을 맞추려는 것이다.

그동안 제대로 모습을 드러내지 않았던 아레오와 아나샤는 마법사단의 마법사와 주술사 그리고 결계술사 들의 관심을 한 몸에 받았다.

주문 없이 마법을 발현하는 아레오의 연상 마법은 물론 아나샤의 신성 마법은 기존의 마법은 물론이고 주술과 결계술과 궤가 달랐지만 엄청난 위력을 발휘했다. 그중에도 타이탄에 탑승한 상태에서 발휘하는 마법은 엄청났다.

특히 전사들은 아나샤에게 매료되었다. 실전에 가까운 과격한 훈련을 지향하는 전사단 수뇌들 때문에 훈련이 끝나면 멍이 드는 등 대부분 자잘한 상처를 입는데, 아나샤가 타이탄을 탄 상태에서 매스 힐 마법을 펼치면 순식간에 치료가 되었다.

"전에 뵈었을 때보다 더 어려 보이는데 바디체인지를 한 거겠지?"

"당연하지. 그렇지 않고 저런 실력은 말이 안 되지!"

"과연 헤루스의 부인들이야!"

마법사단 단원들은 이미 자신들에게는 신이나 다름없는 헤루스를 신봉하고 있는 상태에서 아레오와 아나샤가 도저히 따라잡을 수 없는 위력의 마법을 구사하는 모습을 보자 자연스럽게 그녀들을 인정했다.

그 결과는 무척 긍정적이었다.

"우리는 마법과 주술 그리고 결계술을 하나로 묶거나 서로 보완하는 체계를 만들고 싶어요."

"그게 가능할까요?"

당연히 단원들의 반응은 부정적이었다.

"가능할 것도 같아요."

아레오와 아나샤는 그동안 벼리, 알테어, 파넬과 연구해 온 결과를 공개했다.

"그동안 수련한 것을 포기하라는 것이 아니에요. 마법을 토대로 주술과 결계술을 얼마든지 발휘할 수 있다고 생각해요! 같이 한번 연구해 봐요."

그동안의 연구로 가능성은 확인했지만 실제로 적용해 본 적은 없었다. 그래서 실험은 필수였는데 단원들은 기꺼이 찬성했다.

나중에 확인된 사실이지만 주술의 경우 정신력을 강화해 주었고, 결계술의 경우 폭넓은 수학적 지식과 공간에 대한 이해력을 깨닫게 해 주었다.

그런 사실이 알려지자 엘프족 마법사들은 물론 나가족 주술사들과 스노족 결계술사들이 대거 마법사단에 합류해서 자신들에게 부족한 부분을 채우기 시작했다.

어느 것이 주(主)가 되든 다른 것들을 익히면 능력이 크게 높아지니 다들 적극적으로 참여할 수밖에 없었다. 특히 결계술의 경우 마법진과 비슷한 부분이 아주 많아서 타이탄 제작 쪽에도 굉장히 긍정적인 영향을 미쳤다.

덕분에 이제 막 시작된 마법 아카데미에서는 마법과 주술 그리고 결계술을 모두 가르치게 되었는데 각각 부족한 부분을 채워 주기에 시너지 효과가 무척 컸다.

놀라운 것은 얼마 지나지 않아서 사령술도 정규 과목이 되었다는 점이다. 그동안 던전을 공략하면서 전사들이 언데드의 가치를 제대로 인식한 덕분이었다.

그래서 파넬과 알테어는 현재 사령술사들을 이끌고 있는 엔릴을 도와서 기초 사령술과 관련된 여러 가지 책을 저술하기까지 했다.

사령술이 공인을 받자 엘프들은 정령술까지 공개했다. 친화력이 관건이기는 하지만 아니테라는 기존의 엘프목들에 더해서 세계수인 엘라까지 자리를 잡았기 때문에 자연의 기운과 마나가 무척 풍부한 곳이었다.

당연히 오래 거주하다 보면 자연스럽게 친화력이 생겼고 워낙 자연의 기운이 농후한 곳이다 보니 정령계와의 연결도 아주 쉬워서 친화력만 있으면 최하급이나 하급 정령들과는 쉽게 계약을 할 수 있었다.

그렇게 전사 아카데미와 마법 아카데미가 체계가 잡히자

드워프와 모라이족 장인들의 요구로 기술 아카데미까지 생겼다.

그곳에서는 각 차원의 과학 지식과 기술을 가르치는 한편 실습을 통해서 장인으로서의 능력을 높일 수 있어서 현재 장인으로 활동하는 이들도 수강할 정도였다.

모둔이 주관하는 아니테라 위원회에서는 수업료가 따로 없는 아카데미의 체계도 확실하게 했다.

유아 아카데미와 초급 아카데미의 경우 집에서 등하교를 하지만 중급 아카데미부터는 기숙사가 있어 평소에는 아카데미에서 숙식을 하고 방학이 되어야 집에 갈 수 있었다.

그렇게 되자 어른, 특히 결혼한 여성들의 경우 육아에서 어느 정도 벗어나서 자신이 하고 싶은 일을 할 수 있게 되었다.

보수에 대한 체계도 어느 정도 잡혔다. 어떤 직업이든 작업량과 근속 연한에 따라 동일한 보수를 지급하는데, 생활하는 데 여유가 있는 수준이었다.

또한 곡물이나 육류와 같은 기본 식량의 경우 가구별로 지급되는데, 가구원 수와 나이에 따라 무상으로 지급되지만 향신료나 그 외 식재료는 아니테라에서 발행한 금화, 은화, 동화를 사용해서 구입해야만 했다.

의복이나 생활에 필요한 각종 도구들은 돈을 주고 구입해야 했는데 가격이 낮아서 받은 보수로 충분히 구입할 수 있었다.

　이제 아니테라는 능력이나 의지만 있으면 자신이 좋아하는 것을 마음껏 배우고 익힐 수 있는 곳으로 탈바꿈했다.

던전 공략

그동안 수집한 정보를 토대로 공략할 던전을 선정했는데 총 48개였다.

3분의 1 정도는 S급 이상의 던전이고 나머지는 A급 던전이지만 서식하는 마수나 몬스터의 숫자가 많고 공략 난이도가 높았다.

그중 가장 먼저 공략하기로 한 던전은 세이틀 시티 인근에 있는 S급 던전이었는데 흡혈귀가 보스인 언데드 던전이었다.

'언데드를 상대할 때는 폭격이 최고지.'

아이테르 차원에서 가장 강력한 세력을 가진 알붐 마탑의 방호막들은 물론 중요 시설들까지 박살 낸 폭격은 언데드에게도 통할 것이다.

다만 던전의 고도는 한계가 있기 때문에 폭격의 위력은 떨어지겠지만 말이다.

그러기 위해서는 준비할 것이 있었다. 플라워스들이 가장 효과적으로 들 수 있는 크기의 바위를 찾아서 알맞게 재단하는 일이다.

그런데 카오스에게 그런 바위들이 많이 있는 곳을 찾아 달라고 부탁을 했더니 뜻밖의 대답을 들었다.

-바위를 떨어뜨려서 죽일 수 있는 언데드의 숫자는 한정적이니까 차라리 잘 부서지는 성질의 암석을 골라서 내부를 고열의 액체로 채우면 오히려 더 많은 언데드를 해치울 수 있을 것 같아.

'오! 괜찮은, 아니 아주 좋은 아이디어야!'

생물이 목표라면 폭발과 함께 부서진 수많은 파편의 위력이 극대화되지만 언데드에게는 큰 위력을 발휘하지 못한다는 점을 고려하면 아주 효과적인 제안이었다.

이미 지구에도 그런 폭탄이 있다. 일명 소이탄이라고 부르는데 폭발하면 고열의 화염을 내뿜어서 넓은 반경을 불태워 버린다.

비록 화약은 쓰지 않지만 잘 부서지는 재질의 암석 안에 빈 공간을 만든 후 음 속성과 양 속성의 화기를 가지고 있는 액체를 집어넣고 토기로 안정화시키면 된다.

그럴 경우 바위가 강한 충격을 받으면 엄청난 폭발을 일으키면서 거센 화염이 발생해서 언데드를 불태워 버릴 것이다.

거기에 현재 보유하고 있는 언데드 군단이라면 물량이나 전력 면에서도 우위일 테니 걱정할 필요가 없었다.

카오스가 도와준 덕분에 적당한 바위산을 찾아서 최대한 많은 바위를 재단하고 폭발하도록 준비를 하는 데만 꼬박 사흘이 걸렸다.

그나마 모둔이 도와주었기에 망정이지 혼자서는 사흘 만에 1천 개나 되는 폭탄을 만들지 못했을 것이다.

그렇게 준비가 되자 바로 목적지로 향했는데 공략 시간을 줄이기 위해서 모둔의 호위대를 제외한 아니테라의 전사단과 마법사단을 모두 동원하기로 했다.

언데드 던전은 사방은 산지고 중앙에는 폐허가 된 도시가 있었다.

그리고 도시 한복판에는 성주나 시장이 거주한 것으로 추정되는 큰 규모의 건물이 자리하고 있었다.

지금은 흐린 날씨이기는 하지만 낮이라서 이 던전의 보스를 포함한 흡혈귀들은 그 건물들의 지하에서 자고 있을 것이다.

'굳이 정찰을 할 필요도 없네.'

도시 안에 바글바글한 인간형 스켈레톤과 좀비만 봐도 이 던전이 왜 언데드 던전인지 알 수 있었다.

'던전을 완전히 소멸시키려면 던전 내부의 영력 절반 이상을 소멸시켜야 해!'

세계수인 엘라가 해 준 말이나 그간의 경험으로 비추어 보아 영력은 생물은 물론 무생물에도 포함되어 있었다.

'다 때려 부숴야 한단 말이네.'

산지의 동식물은 어쩔 수 없더라도 도시는 철저하게 부숴야 던전이 다시 생성되지 않고 소멸할 것이다.

"바로 쳐들어갈까요?"

시르네아가 눈에 불을 켜며 물었다. 엘프는 다른 어떤 존재보다 언데드를 증오한다.

"일단 언데드의 눈을 피해서 도시 근처에서 대기하고 있다가 플라위스들이 공중에서 바위를 충분히 낙하시키고 나서 신호를 하지."

"네, 헤루스!"

가온은 곧바로 아공간에 넣어 두었던 바위 폭탄을 꺼내는 것과 동시에 플라위스들을 소환했다.

그리고 플라위스들에게 자신이 명령을 내리면 발톱으로 바위를 붙잡아서 자신이 있는 곳으로 날아오도록 명령을 내렸다.

그렇게 조치를 취한 가온이 아레오와 아나샤를 안고 투명 날개를 장착한 후 날아오르자 시르네아는 전사와 마법사 들을 네 부대로 편성한 후 최대한 기척을 숨기고 빠르게 도시 외곽으로 이동하라는 명령을 내렸다.

얼마 후 던전에서 가장 높은 상공에 도착한 가온은 아니테라의 전사와 마법사 들이 무사히 도시 외곽에 자리를 잡은 것을 확인한 후 플라위스들을 불렀다.

발톱으로 바위 폭탄을 움켜쥔 플라위스들이 도시가 위치한 상공을 향해 날아오르자 비행 언데드들이 감지하고 비상 신호를 보냈고 바로 폐허 도시 안에 있는 언데드들이 움직였다.

인간형 스켈레톤과 좀비에 이어서 건물 속에 숨어 있었던 마수나 몬스터의 구울까지 모습을 드러냈다.

그중에는 제대로 된 갑옷과 무기를 소지한 스켈레톤 병사나 기사도 보였는데, 스펙터는 물론이고 흡혈귀가 변신했거나 조종하는 수많은 거대 박쥐들도 이제 막 도시 상공에 도착한 플라위스들을 향해 빠르게 날아오르고 있었다.

얼마 후 플라위스들이 차례로 바위 폭탄을 떨어뜨리기 시작했다.

그리고 가온은 염력으로 그 바위 폭탄을 정확한 위치를 향해 빠르게 낙하시켰다.

비록 던전 안이라서 가장 높은 고도는 불과 1킬로미터에 불과하지만 염력으로 인해서 떨어지는 바위의 속도는 엄청났다.

휘이잉! 휘이잉!

가온은 플라위스들을 향해 날아오르는 박쥐나 스펙터와 같은 언데드에는 신경도 쓰지 않고 오직 염력으로 바위 폭탄을 조종하는 것에만 신경을 썼다.

쿠콰콰쾅!

엄청난 폭음과 함께 폐허가 된 도시의 건물들이 화염에 휩싸여 박살이 나면서 먼지구름을 피워 올렸다.

당연히 건물 주위에 있던 언데드들도 마찬가지로 박살이 나 버렸다.

그렇게 바위 폭탄에 건물들과 함께 언데드들이 박살이 나고 있을 때 수만 마리에 달하는 박쥐와 스펙터 들이 어느새 가까워졌다.

그러자 가온의 가슴 한쪽에 등을 댄 상태로 안겨 있던 아나샤가 양손을 모으더니 신성 마법을 발동했다.

"홀리 미스트!"

즉시 성스러운 힘을 품고 있는 안개가 사방으로 퍼져 나갔다.

아레오는 안개로 인해서 가온이 하는 일이 방해를 받을까 걱정을 했지만 심안 스킬은 능히 홀리 미스트 안쪽을 뚫어 볼 수 있었다.

끼아아아아!

신성한 안개에 닿은 박쥐와 스펙터 들이 소름 끼치는 비명을 지르며 죽거나 도망쳤다. 상극인 신성력과 접촉했기 때문이었다.

선두의 스펙터와 박쥐 수천 마리가 순식간에 소멸되는 의외의 상황이 벌어지고 빠르게 확장되는 안개에서 느껴지는 신성한 힘이 느껴지자 후발대는 혼비백산해서 사방으로 흩어져 도망치기에 바빴다.

물론 그렇지 않은 놈들도 있었다.

흡혈귀들이 변신한 거대한 박쥐들은 신성력에 흠칫 떨긴 했지만 보스의 명령을 떠올리곤 결연함이 드러나는 기세로 홀리 미스트를 뚫고 안으로 들어왔다.

하지만 놈들을 기다리고 있었던 것은 홀리 미스트만이 아니었다.

"플레임 레인!"

가온의 다른 가슴 한쪽에 등을 붙인 상태로 안겨 있던 아레오가 주문을 영창하는 순간 수백 개의 화염이 나타나더니 아래를 향해 빠르게 날아갔다.

마기를 끌어 올려서 신성력이 담긴 안개에 뚫고 올라온 거대한 박쥐들은 순간적으로 눈앞에 나타난 화염 덩어리를 피할 여유가 없었다.

그저 있는 대로 마기를 방출해서 막을 만들어 몸을 보호하는 방법밖에 없었기 때문이다.

화르르.

끄아아앗!

막은 화염에 순식간에 녹아 버렸고 변신한 몸통과 날개에 불이 붙자 자신도 모르게 변신을 푼 흡혈귀들은 생각이라는 것을 하기도 전에 무서운 속도로 추락했다.

그리고 바위 폭탄과 함께 지면에 부딪혀서 비명조차 지르지 못하고 온몸의 뼈가 다 부러진 상태로 불에 타서 죽고 말았다.

그렇게 도시 곳곳이 완벽한 폐허로 변할 때 지하에서 무서운 속도로 치솟아 오르는 거대한 박쥐 3마리가 있었다.

'드디어 나타났군!'

가온은 폭격을 멈추고 아레오와 아나샤에게 의념을 보냈다.

두 사람이 마법을 준비하는 동안 가온은 대기하고 있는 전사들에게 의념을 보냈다.

'시작해!'

가온의 명령이 떨어지자 전사들은 타이탄과 기가스를 소환하고 바로 탑승했다.

잠시 후 아나샤가 흩어지고 있는 홀리 미스트에 신성력을 주입했다.

화악!

처음보다 훨씬 농후해진 홀리 미스트였지만 아레오가 손짓을 하자 작은 구름으로 축소되었다. 그리고 그 구름은 세 사람을 향해 놀라운 속도로 치솟아 오르는 흡혈귀들의 앞을 막았다.

달리 보스와 준보스들이 아닌지 흡혈귀들은 가까이 접근도 하지 전에 위를 막고 있는 구름 속에 농후한 신성력을 감지하고 날개를 펄럭여 세 방향으로 궤도를 수정해서 구름을 회피했다.

세 흡혈귀가 구름과 동일 선상까지 치솟았을 때 기다렸다는 듯 아나샤의 마법이 펼쳐졌다.

"홀리 라이트!"

가온마저 순간적으로 눈을 감을 정도로 강렬한 빛이 터졌다. 물론 신성한 기운이 가득한 빛이었다.

캐애애액!

거대한 날개를 가진 두 박쥐 형상의 흡혈귀 2마리가 비명을 지르며 공중에서 비틀거렸는데 신성한 빛에 노출된 온몸에는 화상을 입은 것처럼 피부가 너덜너덜해졌다.

하지만 보스는 일그러진 얼굴로 눈을 질끈 감긴 했지만 어느새 몸을 검붉은 막으로 보호하고 있었다.

그렇게 보스인 흡혈귀가 눈을 감았을 때 아나샤의 몸에서 신성력이 폭발적으로 흘러나왔다.

"홀리 블레싱!"

아나샤의 몸이 터지는 것처럼 보이게 만든 엄청난 신성력이 보스 흡혈귀를 감쌌다.

끄아아아아!

신성력은 검붉은 보호막을 순식간에 녹여 버리더니 보스 흡혈귀의 몸에 깃들었다.

그러자 보스의 몸이 검붉은 마기로 뒤덮였다가 이내 신성력으로 바뀌는 등 마기와 신성력이 엎치락뒤치락하더니 몸이 빠르게 가루로 변하기 시작했다.

그리고 그와 거의 동시에 아레오가 허공에서 비틀거렸던 두 준보스 흡혈귀를 향해 다른 마법을 날렸다.

"기가 라이트닝!"

신성력 다음으로 마기와 극성인 전격 마법이었다. 새하얗게 보이는 굵은 전격 두 줄기가 미처 제정신을 차리지 못한 준보스 흡혈귀들을 순식간에 감전시켰다.

두 흡혈귀는 비명조차 지르지 못했다.

그저 하얗게 발광하면서 빠르게 아래로 추락했는데 전격의 위력이 얼마나 강했는지 금방 새까맣게 타 버렸다.

그렇게 아레오와 아나샤가 보스와 준보스 흡혈귀들을 처리하는 동안 도시 안으로 진입한 타이탄들은 그야말로 무서운 기세로 언데드들을 쓸어버리고 있었다.

개중에는 몸집이 거대한 트롤이나 오우거 구울들도 있었지만 타이탄들이 휘두르는 거대한 망치에 맞아 형체를 알 수 없을 정도로 짓이겨져 버렸다.

'너희들은 도망치는 흡혈박쥐와 스펙터 들을 모조리 잡아죽여!'

가온이 염력으로 남은 바위들을 아공간으로 회수한 후 플라위스들에게 명령을 내리자 녀석들은 서너 마리씩 무리를 이루어 사방으로 도망치는 흡혈박쥐와 스펙터 들을 쫓아가서 가볍게 처리했다.

얼마 후 언데드의 서식지였던 음산한 도시는 그야말로 폐허라는 말이 어울릴 정도로 완벽하게 부서졌고, 더 이상 움직이는 언데드는 보이지 않게 되었다.

챙길 것을 챙긴 후 보스 흡혈귀가 나왔던 지하 동굴에서 차원석을 찾아서 아공간에 집어넣자 기다렸던 안내음과 홀로그램이 뒤따랐다.

'역시 언데드는 물론이고 도시까지 다 때려 부수니까 던전이 완전히 소멸하는구나.'

새삼 이런 사실을 알려 준 엘라가 고마웠다.

자신이 추가 포인트를 받을 정도로 차원 의뢰를 완벽하게 해결하려면 적어도 S급 던전들은 완전히 소멸시켜야만 했기 때문이다.

S급 던전의 보스는 다양했지만 절반 이상은 오우거이거나 와이번이었다. 보스가 트롤이라도 개체수가 많으면 동일한 등급으로 분류했다.

'나도 그렇지만 대전사장들이 굳이 이런 던전을 공략할 필요는 없지.'

평범한 S급 던전은 마법사가 포함된 전단에 맡기면 된다.

이젠 전사와 마법사 들의 능력을 높여 줄 수 있는 전용 타이탄이 있으니 어려운 일은 아니다.

하지만 타이탄이 기동하기 힘든 환경을 가진 던전들도 있다.

예를 들어서 진창이나 늪지가 많거나 혹은 화염 지대 그리고 얼음 지대와 같은 환경의 던전에서는 타이탄의 효용 가치가 많이 떨어진다.

그런 곳은 나가족을 투입하거나 무력이나 마법 실력이 출중한 소수 정예로 공략해야만 했다.

그래서 가온은 여러 상황을 고려해서 별동 대원을 선발했다.

엘프족의 경우 처음 만났을 때만 해도 예비 대전사장이었던 로딕 등 엘프족 대전사장 다섯 명이 포함되었고, 나가족은 최근 9현신의 경지에 오른 카릴과 8현신이 된 롸크라가 포함되었다.

엘프족과 나가족은 인구나 전사의 비율은 비슷했지만 소드 마스터 경지에 오른 전사는 엘프족이 월등히 많았기 때문에 나가족에서도 불만을 가지지는 않았다.

본래 전사가 열 명밖에 안 되었다가 최근 300여 명까지 늘어난 스노족 전사 중에도 두 명이 선발되었는데, 타이탄을 지급받은 후 소드 마스터가 된 라이트네와 다인이었다.

거기에 아레오와 아나샤가 합류했고 정령마법사인 아피엘

과 라온델 그리고 마슈도 선발되었다.

결계술사는 딱히 필요하지 않았지만 스노족의 사기를 위해서 상급 경지인 베로인과 애쉬린이 포함되었다.

대전사장들은 별동대의 규모가 너무 작다고 걱정을 했지만 걱정할 필요는 없었다.

전원 베타급 타이탄이나 마법사용 타이탄을 지급받은 상태이기도 했지만, 플라위스들도 있고 그동안 차근차근 모은 언데드가 합해서 5만 마리 가까이 되었다.

메를렌 등 건설용 타이탄 판매를 중개하는 이들을 통해서 계속 업데이트가 되는 던전들의 정보를 파악한 끝에 별동대가 공략할 던전이 결정되었다.

하나같이 난이도가 높은 던전들로 던전에 서식하는 생물이 많지 않다는 공통점을 가지고 있었다.

'생각보다 마족 던전이 별로 없어.'

이미 보스인 마족이 나와서 던전 브레이크가 된 것인지 아니면 원래 그런 건지 모르겠지만 사람들이 하는 얘기와 달리 마족 던전은 채 열 개도 되지 않았다.

그렇게 별동대를 구성한 직후 가온은 전단 수뇌부를 모았다.

"전단을 넷으로 나누어서 S급 던전들을 공략할 것이다."

가온은 시르네아, 바르덴, 예하, 카크네를 전단장으로 임명하고 마법사, 주술사, 결계술사, 사령술사 들을 적절하게 배정해서 네 전단을 편성했다.

"시간이 좀 걸리더라도 던전을 최대한 많이 부숴야 해!"

"던전에 있는 생물과 무생물을 합해서 절반 이상 때려 부수면 완전히 소멸하는 것이 맞습니까?"

가온의 말에 최근 뛰어난 지휘 능력을 보여 주고 있는 롭이 물었다.

"세계수 엘라에게 들은 말이니까 확실할 거야."

"하지만 일일이 그렇게 하려면 시간이나 노력이 많이 들어갈 텐데요."

맞다. 그게 문제다. 던전의 마수나 몬스터를 처리하는 것도 최선을 다해야 하는데 그런 일까지 하려면 힘이 드는 것이 문제가 아니라 시간이 많이 필요하다는 것이다.

물론 가온이 명령을 내리면 군말 없이 수행할 테지만 불만이 안 생길 수가 없었다.

시간의 흐름이 달라서 이곳 아이테르 차원에서 하루를 보내면 아니테라는 닷새나 지나는 상황이니 더욱 그랬다.

잠시 고민하던 가온은 언데드의 존재를 떠올렸다.

"언데드를 활용하도록 해."

가온의 말에 네 전단장의 얼굴이 환해졌다.

엔릴을 수장으로 하는 사령술사들이 연성한 스켈레톤과 구울은 대부분 오크가 주류인 던전에서나 통할 뿐 S급 던전에서는 활용도가 낮을 수밖에 없었기 때문이다.

하지만 자잘한 동식물을 처리하는 데 언데드만큼 적당한 존재도 없었다.

카오스와 마누의 도움을 받아서 네 전단을 목적지인 S급 던전에 진입시킨 가온은 다시 공간 이동을 해서 히드라가 보스인 던전 앞에 도착했다.

그런데 별동대를 소환하려고 했을 때 세롬으로부터 통신이 왔다.

"한창 바쁘신 것으로 알고 있는데 무슨 일입니까?"

세롬이 무단으로 중고 타이탄을 반출한 것에 책임을 지고 탑주 자리를 내놓았다는 소리는 들었지만 마땅한 후임이 없는 것 같았다.

하지만 자리에서 물러나 레겐탈에 이어 영술을 수련하는 데 전념하기로 작정한 그는 지금은 아니테라 측으로부터 넘겨받을 마법사용 타이탄의 생산 라인을 세팅하기 위해서 동분서주하고 있었다.

-던전과 관련된 중요한 정보가 있어서 연락을 드렸습니다.

헤어질 때 위험한 던전에 대한 정보가 있으면 알려 달라고 부탁을 하긴 했지만 정말 올 줄은 몰랐다.

"말씀하십시오."

-저희 콰드라스 카르도가 힘을 합해서 만든 미트라 전단

에 대해서 들어 보셨습니까?

"들어 봤습니다."

다른 사람에게 들은 것이 아니라 지금 물어보는 세롬이 흘러가듯 꺼낸 이름이었다.

─미트라 전단은 콰드라스 카르도가 주도해서 총 200여 개에 달하는 준메가시티들이 힘을 합쳐서 만들었습니다. 물론 재원의 7할 정도는 콰드라스 카르도가 댔고 타이탄까지 제공했지요. 애초 설립 당시부터 미트라 전단은 우리의 이익이나 안전이 목적이 아니라 전체 시티의 안전을 추구합니다. 그래서 시티 차원에서는 공략하지 못하는 던전이나 위험한 마수 혹은 몬스터를 처리하는 임무를 수행해 왔습니다. 그 뜻에 호응한 전사들은 물론 은퇴한 고위급 전사들까지 기꺼이 입단을 했고요.

"그런 전단이 활약을 했다는 사실을 왜 듣지 못했을까요?"

그런 막강한 전력을 갖춘 전단이 있었다면 지금처럼 던전이 난립하지는 않았을 것 같았다.

─미트라 전단이 출범한 직후 가장 많은 운영 자금을 댄 알붐 마탑이 사사로이 전단을 움직이려고 했습니다. 미트라 전단을 앞으로 자신 혹은 알붐 마탑의 전단으로 만들려고 수작을 부린 거지요. 전단을 창설할 때의 목표에 감명을 받아서 입단한 미트라 전단 수뇌부는 그 요구를 단호하게 거절했고요.

"그럼 제대로 활동도 하기 전에 발목이 잡힌 거군요?"

-그렇습니다. 그들의 거절에 분노한 알붐 마탑의 칼리판은 자금 지원을 중지하는 것과 동시에 대략 절반에 달하는 시티에 압력을 넣어서 자금 지원을 하지 말라고 강요했습니다. 물론 이미 타이탄까지 지급했고, 계약을 했기 때문에 전단이 해체되거나 전사들이 탈퇴하는 일은 없었습니다. 대신 자금 문제로 활동에 큰 제약이 걸렸습니다.

"안타까운 일이군요."

생각할수록 알붐 마탑을 박살 내길 잘했다는 생각이 들었다. 그동안 이 세계에 미친 부정적인 영향이 컸던 것이다.

'아예 칼리판을 죽여 버릴 걸 그랬네.'

미트라 전단만 제대로 활동했어도 아이테르 차원이 이 정도로 위험해지지는 않았을 것 같은데 칼리판처럼 이 세계를 이끌어 가는 가장 강한 힘과 영향력을 가진 자가 대의가 아닌 사익을 추구하니 이런 일이 발생한 것이다.

거기에는 세롬처럼 지켜보기만 한 자들의 잘못도 적지 않았다. 물론 그 생각을 입 밖으로 낼 필요는 없었지만.

-한심하게 생각하실 테지만 당시에는 어쩔 수 없었습니다. 지금도 그렇지만 그때는 말만 콰드라스 카르도지 알붐이 8할 이상을 장악했으니까요.

다행히 세롬도 자신의 잘못을 알고 있었다.

-상황이 어떻든 칼리판을 설득하지 못한 나머지 콰드라

스 카르도의 잘못이 큽니다. 아무튼 미트라 전단은 규모는 크게 줄었지만 정보 조직인 아르카누스 텔룸과 함께 던전에 대한 정보 수집은 게을리하지 않았습니다.

"던전요?"

ー그렇습니다. 미트라 전단은 언제고 던전들을 모두 공략할 계획이기에 다양한 루트를 통해서 중요한 던전에 대한 정보를 수집해 왔습니다. 그리고 수집한 정보를 바탕으로 우리 차원의 전력으로 공략이 가능한 던전과 불가능한 던전을 분류했습니다.

심드렁했던 가온은 그 얘기에 흥미가 돌았다.

지금까지 가온이 수집한 던전에 대한 정보는 타이탄을 구입한 시티나 용병 길드들이 보낸 것이라서 아무래도 빠진 부분이 많았다.

"공략이 불가능한 던전이 얼마나 됩니까?"

ー다섯 곳입니다. 아니테라 측에서 공략을 하실 생각이면 정보를 보내 드리겠습니다. 물론 나머지는 자금 문제가 해결되는 대로 미트라 전단이 주도해서 공략할 예정입니다.

가온이야 거절할 필요가 전혀 없었다. 아니, 차원 의뢰를 완수하기 위해서는 반드시 필요한 정보였다.

가온은 미트라 전단이 공략이 불가능하다고 판단을 내린 다섯 개의 던전만 클리어하면 차원 의뢰를 완수할 수 있다고 확신했다.

이미 기가스를 시작으로 곧 루툼에게 넘겨줄 마법사용 타이탄까지 변화의 바람은 일으켰으니 말이다.

"어떤 던전들입니까?"

그래도 다섯 개라면 많은 숫자가 아니다. 어쨌든 나머지 던전은 아이테르 차원의 전력으로 공략이 가능하다니 더 고생할 필요가 없어서 다행이다.

─마족 던전이 두 개이고 세 던전은 아예 접근조차 할 수 없어서 보스는 물론 서식하는 마수나 몬스터의 정체조차 알지 못합니다.

"접근조차 할 수 없다고요?"

─한 곳은 독충은 물론 악어와 나가 등 마화된 수생 마수가 들끓는 광대한 나막트 습지 깊숙한 곳에 있어 접근하기가 불가능하고, 또 다른 한 곳은 칼레라 호수 중앙의 섬에 있으며 마지막 한 곳은 접근하기가 어렵긴 하지만 충분히 갈 수 있지만 들어간 사람은 아무도 살아서 나오지 못했습니다.

가온은 세 곳 중 세롬이 가장 마지막에 언급한 던전이 궁금했다.

"혹시 마지막에 언급한 던전에 대한 다른 정보는 없습니까?"

─그곳은 두 강이 합류하는 지점인 오데트 분지에 위치하고 있습니다.

세롬은 그러면서 오데트 분지가 대륙 중서부에 위치해 있으며 본래 산이었는데 고대에 운석이 떨어져서 만들어진 지형으로 보인다는 사실도 알려 주었다.

　－문제는 주위 시티나 용병 길드 그리고 미트라 전단에서 조사를 위해 분지로 들여보낸 사람들이 하나같이 실종되었다는 점입니다. 심지어 미트라 전단에서 파견한 전사들은 타이탄까지 가지고 갔는데 말입니다. 최근 인근 시티의 마탑에서 상행로 조사를 위해서 고위급 마법사를 보내 플라이 마법을 통해 그곳을 조사했는데, 본래 울창한 숲이었던 광대한 지역이 사막으로 변해 버렸다고 합니다. 전부는 아니고 8할 정도가 말입니다.

　숲이 전체도 아니고 일부만 어느 순간에 사막으로 변했다면 확실히 이상했다.

　－그렇다고 그럴 만한 요인을 발견할 수 없다는 것이 문제입니다. 그 지역에는 더 이상 아무런 생물체를 발견할 수 없게 되었고 사막화를 유발할 수 있는 환경적인 변화도 없었습니다.

　"사막화가 발생한 기한이 얼마나 됩니까?"

　－조사를 하다가 이전에 상행로를 개척하기 위해서 그곳을 여행한 한 상단의 기록을 입수했는데, 30년 전에는 사막화된 지역이 직경 50무 정도였다고 합니다. 그런데 이번에 조사한 바로는 한 변이 30킬로무에 달하는 면적의 거대한 숲이 사막으로 변해 버렸다고 합니다.

그 말을 듣는 순간 뤼나웜이 생각났다. 한 차원을 절반 이상 사막으로 만들어 버린 공포의 존재는 사람들이 그렇게 두려워하는 마족이나 고위급 몬스터가 아니라 뤼나웜이었다.

'설마!'

메뚜기 마충 역시 던전에서 나왔다. 아이테르 차원에 나타났다고 해도 전혀 이상하지 않았다.

─분명히 던전에서 나온 마수나 몬스터가 한 짓 같은데 전혀 알 수가 없습니다.

"일단 그곳부터 조사를 해 보겠습니다."

─역시! 그럼 미트라 전단에서는 다른 던전들을 공략하겠습니다!

뭐가 역시라는 것인지는 모르겠지만 가온은 마족 던전보다 세롬이 언급한 이 던전이 훨씬 더 무서운 던전일 거라고 생각했다.

마충 던전

가온은 별동 대원들이 던전으로 들어가자 곧바로 마누의 도움을 받아서 오데트 분지로 이동했다.

이곳에 있다는 던전을 공략하려는 것이 아니라 일단 조사만 할 생각이다.

이동 직후 투명 날개를 장착하고 하늘로 올라간 가온은 마치 큰 강의 하구에 있는 삼각주처럼 커다란 두 강으로 둘러싸인 지역을 확인할 수 있었다.

'두 강이 생각보다 크군.'

강이 커서 그런지 그 사이에 낀 오데트 분지의 크기도 엄청났다.

그런데 한 변이 대략 30킬로무에 달하는 거대한 삼각형 지역의 안쪽은 완전히 사막이었고 사막의 경계 부분부터 강변까지 대략 2킬로무 폭에 해당하는 지역에만 거대한 나무들이 울창한 숲을 이루고 있었다.

'정말 던전이 있군.'

사막의 중앙에는 빛에 산란 되는 파동막이 보여 던전의 존재를 알려 주고 있었다.

가온은 바로 던전이 있는 사막으로 내려가지 않고 낮게 날면서 넓은 사막 지대부터 시작해서 강변까지 얼마 남지 않은 숲의 경계 부분을 살펴보았다.

'이 지역의 기후나 강으로 둘러싸인 것으로 봐서 확실히 그냥 사막화가 된 것은 아니야.'

눈에 보이지는 않지만 이 광대한 지역을 사막으로 만든 존재가 분명히 존재한다는 것을 확실했다. 그리고 그 생물이 본래 아이테르 차원에 있던 종이 아니라는 사실도 미루어 짐작할 수 있었다.

가온은 그 생물이 뤼나웜과 비슷한 일종의 마충이라고 확신했다. 뤼나웜 역시 멀쩡한 땅을 이런 사막으로 만들어 버렸으니 말이다.

'설마 던전 브레이크가 발생한 건가?'

일단 사막이 된 곳은 모래밖에 없었는데 크기도 작아서 살짝 바람만 불어도 날릴 정도였다.

주위보다 눈에 띄게 낮은 분지가 아니었다면 그 모래들은 벌써 오래전에 바람에 날아가 버렸을 것이다.

'마누, 지표면에서 얼마나 낮은 곳까지 모래층인지 확인해 줘.'

마누는 곧 지표면에서 대략 3미터까지는 모래층이라는 사실을 알려 주었다.

'어떤 마충인지는 모르겠지만 식성이 어마어마하네!'

본래 그곳에 서식했을 동식물은 물론이고 지표에서 3미터 아래까지 흙과 암석을 모두 갉아 먹어 버릴 정도이니 긴장을 해야만 했다.

사막 위를 낮게 비행하면서 안력을 강화한 가온이 주위를 샅샅이 훑었지만, 생명체는 전혀 보이지 않았다. 심안 스킬을 발동해도 마찬가지였다. 그야말로 미세한 입자의 모래밖에 없는 사막이었다.

가온은 바로 던전으로 진입하는 대신 사막과 숲의 경계 부분으로 이동했다.

경계 부분의 풀과 나무는 별다른 데가 없었지만 심안 스킬을 발동하자 비로소 이곳을 사막으로 만들고 있는 원흉을 확인할 수 있었다.

'마충이 맞았어!'

가온은 생김새로 보아 이 마충이 딱정벌레의 한 종류일 거라고 일단 판단했다.

쌀알 크기에 빛을 산란하는 것으로 보이는 등딱지를 가지고 있어 투명하게 보이는 마충들이 풀이며 나무를 갉아 먹고 있었는데, 안력을 더욱 집중하자 날카로운 가시가 달린 다리와 몸통에 비해서 월등하게 큰 톱니 이빨로 아주 빠르게 앞으로 가로막는 것들을 갉아 먹고 있었다.

그런데 생각보다 그 숫자는 그리 많지 않았다.

100여 마리씩 무리를 지어서 풀과 나무들을 갉아 먹고 있는데 몸집에 비하면 먹어 치우는 양이 믿어지지 않을 정도로 엄청났다.

100여 마리가 달려들면 풀은 순식간에 뿌리까지 사라졌고 거대한 나무도 그리 오래 버티지 못하고 놈들의 배 속으로 사라졌다.

그렇게 제 몸통보다 훨씬 더 많이 먹은 놈들이 바닥에 떨어져서 움직임을 멈추었는데 몸통과 날개가 조금씩 투명해져 갔는데 아주 조금이지만 크기가 커졌다.

'먹은 것을 소화해서 바로 몸집을 키우는 거구나.'

그런데 그 모습을 보고 있던 가온의 눈매가 좁아졌다.

'역시 짐작한 대로 바위까지 갉아 먹는군.'

지표에서 3미터 아래까지 모두 모래로 변한 것을 통해서 마충들이 암석까지 갉아 먹는다는 사실을 알 수 있었다.

물론 모두 소화를 시키는 것이 아니라 암석이 가지고 있는 마나와 영양분을 흡수한 후 나머지를 배설한 것이 바로 입자가 고운 모래였다.

더 집중해서 살펴보자 놈들이 한동안 바위를 갉아 먹고 나더니 검푸른 안개가 같은 물질을 내뿜고 나서 다시 바위를 갉아 먹는다는 사실을 알 수 있었다.

　이 작은 마충은 단순히 이빨이 날카롭고 단단한 것이 아니라 물질을 순식간에 녹이거나 결합 구조를 느슨하게 만드는 안개를 내뿜는 능력이 있어서 바위까지 갉아 먹을 수 있는 것이다.

　가온은 이 마충이 어떤 면에서는 메뚜기 마충이나 흰개미 마충보다 더 강력한 것 같아서 벼리와 파넬 그리고 알테어에게 정체를 아는지 물어봤다.

　벼리는 예상한 대로 몰랐지만 파넬과 알테어는 용케 알고 있었다.

　─이건 마계 일부 지역에서만 자생하는 칸도르카라인 것 같습니다. 아주 오랫동안 마기의 영향을 받아서 변이한 것으로 추정되는 특이한 딱정벌레 마충입니다.

　─파넬의 말이 맞습니다. 세상에 못 먹는 것이 없다는 칸도르카라가 틀림없습니다. 생물은 마비시키고 무생물은 녹이거나 부드럽게 만드는 기이한 화독(火毒)을 가지고 있으며 먹는 것과 동시에 소화를 시키는 능력이 있어서 제 몸의 백 배까지 먹어 치울 수 있다고 했습니다. 생물의 경우 화독에 닿으면 전신이 마비되어 산 채로 뜯어 먹힐 수밖에 없다고 합니다. 혹자는 마나까지 녹이거나 흡수하는 능력을 가지고

있어서 마왕들조차 놈들이 서식하는 지역에는 들어가지 않는다고 했습니다.

두 영혼의 말이 사실이라면 몸은 작지만 정말 무시무시한 마충이었다.

'그럼 칸도르카라가 왜 영역을 확장하지 않는 거지?'

—저도 그 말을 들었을 때는 주인님과 똑같은 의문을 품었는데, 듣기론 칸도르카라의 영역을 둘러싸고 있는 드넓은 화산 지대 덕분이라고 했습니다. 화기를 아주 싫어한다고 했습니다.

—그 밖에 기억나는 내용은, 무리가 일정한 규모까지 증식하면 진화를 위해서 집단으로 수면 상태에 빠진다고 했습니다.

둘의 설명을 들은 가온은 강한 호기심을 느끼고 시험 삼아서 단검 한 자루를 꺼낸 후 마나를 주입하지 않고 한창 나무에 붙어서 식사를 하는 개체에 던져 봤는데 단숨에 몸통이 터져 버리는 것으로 봐서는 방어 능력은 그리 강하지 않았다.

그런데 그 순간 주위에 있던 마충들이 나무에 박힌 단검을 감싸더니 얼마 후에는 더 이상 단검이 보이지 않았다. 놈들은 바위뿐 아니라 강철 단검까지 검푸른 연기로 연화(軟化)시킨 후 갉아 먹은 것이다.

'암석이라면 몰라도 강철까지 먹어 치운다고?'

그런데 놈들의 반응은 거기에 그치지 않았다. 죽은 마충의 근처에 있던 마충들이 일제히 공기를 타고 가온을 향해 날아들었는데 마치 소용돌이 바람처럼 움직이며 위험한 기운을 발산했다.

　'호오! 날 감지할 수 있을 뿐 아니라 단검을 내가 던졌다는 사실을 아는 거군. 집단 지능이라도 있는 건가?'

　가온은 1천여 마리로 이루어진 마충 무리가 만든 흑갈색 바람이 10미터까지 접근하자 단검 한 자루에 검기를 만들어서 날렸다.

　검기는 순식간에 마충 무리가 형성한 바람을 잘라 냈고 절단 부위의 마충 수십 마리가 검기에 가루가 되었다.

　하지만 놀랍게도 절단된 공간은 순식간에 다시 붙었고 마충들은 흥성이 터진 듯 더욱 맹렬하게 날갯짓을 하면서 기이한 소음을 만들어 냈다.

　'몸이 얼마나 단단한지 확인해 볼까?'

　요즘 한창 수련 중인 화염 영역을 시전했다.

　타타타탁!

　가온과 얼마 떨어지지 않은 곳이 화염 영역으로 지정되자 지름이 10미터나 되는 원형의 공간에 순식간에 강렬한 화기가 채워지고 한 줄기 바람처럼 움직이던 마충들이 요란한 소리와 함께 타기 시작했다.

　그런데 마충의 날개는 물론이고 몸통도 생각했던 것과 달리 꽤 오래 화염을 견뎠다.

'호오! 생각보다 내화성이 낮지 않네.'

마충들은 집단 지성이라도 있는지 화기를 피해서 한곳으로 뭉치더니 이내 더욱 밀도로 높여서 굵은 나무토막처럼 변했는데, 마치 누가 던진 것처럼 화염 영역 밖에 있는 가온을 향해 쇄도했다.

하지만 어떻게 대응을 하든 마충들은 화염 영역을 벗어날 수 없었다.

결국은 모조리 타 죽어 버렸기 때문이다. 그래도 강렬한 열기를 동반한 화염 영역에 갇히고도 한 덩어리가 되어서 5미터 이상 움직였으니 대단했다.

'화염 영역에서도 이 정도로 견디다니 위험하군.'

검기를 두려워하지 않는 흉포한 성정과 군집을 이룬 상태에서 이동하는 능력 그리고 단검까지 순식간에 갉아 먹는 식성을 볼 때 별동대를 불러내는 건 별 소용이 없어 보였다.

그렇다고 계속 오행 영역을 발동해서 해치울 수도 없었다. 불과 1천여 마리로 이루어진 작은 무리 하나를 해치우는 데 이 정도의 영력을 소모했다면, 던전 안은 고사하고 이미 불모지로 변한 곳에 있는 마충을 해치우는 것조차 힘겨울 수 있었다.

그때 일족에게 생긴 일을 어떻게 안 것인지 이웃한 마충 무리가 가온 쪽으로 움직이기 시작했는데 바람을 타는 놈들까지 있어서 그 모습이 마치 소용돌이 바람처럼 보였다.

소용돌이 바람을 본 가온은 선와술을 떠올렸다.

'굳이 일일이 찾아다니며 해치울 필요가 없어서 편하긴 하네.'

가온은 딱정벌레 마충들이 만든 소용돌이 바람 두 줄기가 자신을 향해 움직이자 선와술을 펼쳤다.

슈아아악!

그동안 3성이 된 선와술로 인해서 만들어진 소용돌이 바람의 직경은 40미터에 이르러서 순식간에 마충들이 모여서 만든 소용돌이 바람들을 연거푸 삼키기 시작했다.

선와술을 펼치고 불과 5초도 되지 않아서 두 줄기의 소용돌이 바람이 사라졌다.

'마충들은 어떻게 됐으려나?'

선와술은 흡수력을 가진 소용돌이를 만들기 전에 미리 대상을 보낼 장소를 설정해야 하는데, 지금은 흰개미 마충과 메뚜기 마충이 있는 아공간으로 보내 버렸다.

그러고 보니 그곳을 완전히 잊고 있었다. 딱히 그곳을 떠올릴 일이 없었기 때문이다.

그렇게 선와술로 마충을 처리해 버린 가온은 던전에 들어가기 전에 아공간 젬을 이용해서 자신의 영혼과 연결을 시킨 마충 던전, 아니 마충 아공간을 살펴보기로 했다.

마충 전용 아공간에는 두 무리의 마충을 집어넣었었다. 메뚜기 마충과 흰개미 마충이었다.

　'아직 살아 있겠지?'

　심안으로 아공간 안을 살펴보던 가온의 눈이 커졌다.

　'호오! 숫자는 크게 줄었지만 둘 다 몸집이 아주 커졌네!'

　메뚜기 마충이나 흰개미 마충이나 숫자는 10분의 1 정도밖에 보이지 않았지만 대신 몸집이 이전의 세 배 정도로 커진 상태였고 몸이 회백색으로 변해 있었다.

　아공간에 갇힌 두 무리는 개체수의 9할이 사라질 정도로 격렬하게 싸우다가 휴전을 한 것인지 더 이상 싸우지는 않고 일정한 영역을 나눠서 서식하고 있었는데, 선와술로 보낸 딱정벌레 마충 두 무리는 벌써 잡아먹었는지 보이지 않았다.

　조금 더 아공간을 살펴보자 이상한 점이 보였다.

　'흰개미의 영역은 바닥이 크게 낮아진 것 같네.'

　메뚜기 마충이 서식하는 곳은 그대로였지만 흰개미 마충이 서식하는 지역의 바닥은 수십 미터나 낮아서 자연스럽게 영역이 나누어졌다.

　그런데 흰개미 마충의 영역 곳곳에 다양한 금속 가루들이 쌓여 있었다.

　아마도 흰개미 마충이 바닥의 흙과 바위를 갉아 먹고 순수한 금속 성분을 배출한 것 같았다.

　가온은 두 무리의 마충 중에서 유난히 몸집이 크고 강한 기운을 발산하는 놈들을 살펴보았다.

'흰개미 마충의 왕과 여왕도 엄청 커졌네.'

흰개미 마충의 왕의 몸집은 대여섯 살 어린애만큼이나 커졌다.

그리고 원래 왕보다 몸집이 훨씬 컸던 여왕의 경우 인간 여성과 비슷한 몸집으로 커서 징그러웠다.

본래 킹과 같은 존재가 없었던 메뚜기 마충 중에서도 고블린 정도로 유난히 몸집이 큰 다섯 마리가 보였는데, 가온의 얼굴이 이상하게 변했다.

'설마 저 안에서 진화를 한 건가?'

다섯 마충의 안면부가 영락없이 사람처럼 보인 것이다.

그건 흰개미 마충의 왕과 여왕의 경우 아주 뚜렷했다.

겹눈이나 날카로운 이빨은 숨길 수 없었지만 분명히 남성과 여성의 얼굴을 하고 있었다.

지금까지 보고 듣고 경험한 바로는 짐승이나 벌레의 **최종** 진화형은 인간이 맞는 것 같았다.

그래서 더 자세히 살펴보니 본래 던전이었던 아공간의 작은 차원석들이 절반 이상 사라진 상태였다.

'차원석의 에너지를 흡수해서 빠르게 진화해 버렸어!'

틀림없었다. 다만 어떻게 그 짧은 시간에 이렇게 진화했는지는 알 수 없지만 말이다.

그런데 가온이 심안으로 아공간 내부를 살펴보는 것을 알

앉을까 두 무리가 강한 살기를 발산하면서 대치했다.

곧 양측이 붙었다. 두 마충 모두 날개를 가지고 있었기에 접경 지역에서 붙은 것이다.

메뚜기 마충과 흰개미 마충은 마기로 이루어진 보호막을 몸에 두른 채 서로의 몸에 날카로운 이빨을 박고 몸의 일부가 사라지고 있음에도 고통을 느끼지 못하는 것처럼 서로의 몸을 갉아 먹기 시작했다.

갉아 먹어 치우는 능력이 더 높은 흰개미 마충은 개체수가 훨씬 더 많았지만, 메뚜기 마충은 굵고 날카로운 가시가 돋은 뒷다리까지 이용할 수 있어 싸움은 비등했다.

격렬한 전투나 전장의 살기로 봐서는 상대를 전멸시킬 때까지 싸울 것 같았지만 싸움은 얼마 지나지 않아서 끝이 났고 절벽의 위아래에는 몸의 절반 혹은 일부만 남은 사체들이 그득했다.

다리나 날개 혹은 등딱지 일부가 사라진 메뚜기 마충과 흰개미 마충은 그런 사체를 갉아 먹기 시작했다. 적은 물론 동족의 사체까지 말이다.

얼마 지나지 않아서 절벽 근처는 말끔해졌다. 사체를 모두 먹어 치운 것이다.

'호오!'

살아남아서 사체를 포식한 메뚜기 마충과 흰개미 마충의 모습은 원래대로 돌아와 있었다. 아마도 사체의 몸에 깃든 마나 혹은 마기로 상처를 치료하고 떨어져 나간 몸 일부를 다시 만드는 것 같았다.

가온은 놈들이 상대에 대한 적의 때문에 이런 싸움을 벌였다고는 생각하지 않았다.

'먹이가 부족한 거군.'

양측 우두머리끼리 싸우는 것도 아니고 싸우다가 갑자기 멈춘 것도 그렇고 사체를 먹고 나서 원래 몸 상태를 회복한 것만 봐도 식량이 부족해서 이렇게 주기적으로 싸우는 것이 아닌가 싶었다.

그런 과정을 지켜보던 가온은 욕심이 났다.

'제대로 부릴 수만 있다면 내게도 큰 전력이 될 수 있을 것 같은데…….'

두 마충의 전투력은 아주 대단해서 자신처럼 특별한 능력을 가지지 않은 이상 소드 마스터라고 해도 끝내 잡아먹힐 수밖에 없을 것 같았다.

특히 흰개미 마충의 왕과 여왕은 물론 메뚜기 마충의 우두머리인 다섯 마리는 공간 이동 능력이라도 가진 것처럼 엄청난 속도로 움직이며 상대를 죽이고 순식간에 먹어 치웠다.

문제는 놈들을 완벽하게 복속을 시켜야 한다는 것이다.

가온은 머리를 굴리기 시작했고 얼마 후 벼리의 의념을 전해 받고 고개를 끄덕였다.

가온은 먼저 갓상점부터 접속했다. 그리고 테이밍 스킬을 검색했는데, 메뚜기 마충이나 흰개미 마충에 맞는 스킬을 찾기가 힘들었다.

대부분 상당한 지능이 있는 동물이나 마수를 대상으로 한 스킬이었기 때문이다.

결국 방향을 틀어서 정신 혹은 영혼을 지배하는 스킬을 뒤지다가 적당한 것을 발견했다.

영충사술(靈蟲使術)

등급 : 무
상세
-곤충류를 대상으로 영성을 깨우치게 만들어서 영충으로 부린다.
-영성을 깨우치게 하려면 1만 이상의 영력이 필요하며 영충으로 만들기 위해서는 강력한 의식의 힘이 필요하다. 만약 의식의 힘이 약할 경우 반작용으로 의식이 파괴되거나 오염될 수 있다.

영충사술은 선와술과 같은 선술로 곤충을 영성을 가진 영충으로 만든 후 부하로 만드는 술법이었다. 영력이야 차고 넘칠 정도라 의식의 힘이 문제지만 절대로 부족할 것 같지 않았다.

가격은 30만 포인트로 결코 싸지는 않았지만 지금 가온의 목적을 달성하는 데 꼭 필요했다.

이제 그 정도 포인트를 쉽게 지출할 수 있게 된 가온은 바로 영충사술을 구입해서 익혔다.

'어렵지는 않네.'

다만 아무 곤충이나 영충으로 만들 수 있는 건 아니다. 영력을 충분히 받아들일 수 있어야만 했고, 무리 중에서는 비교할 수 없이 뛰어난 개체만 가능성이 있었다.

물론 마충 아공간에 있는 메뚜기 마충과 흰개미 마충의 보스에 해당하는 놈들은 자격이 충분했다.

몇 번이나 영충사술의 구결을 떠올리며 내용을 숙지한 가온은 먼저 대상을 선정했다.

영혼과 연결된 아공간이기에 한 마리씩 꺼내는 것은 어렵지 않았다.

그렇게 처음 꺼낸 흰개미 마충의 왕은 생소한 환경에 정신을 차리지 못한 상태에서 가온이 주입한 영력과 놈의 머릿속에 낙인처럼 찍힐 강력한 의식 파동을 받아들이는 데 성공했다.

일단 영력을 받아들이는 순간 몸집이 훨씬 더 커진 것은 물론 더듬이와 날개가 한 쌍씩 더 생겨난 흰개미 마충은 뒤이은 강력한 의식 파동에 의해서 강제로 가온의 의식에 동조되었다.

'네 이름은 터마인. 내가 네 주인이다!'

-주, 주인, 나는 터마인! 주인의 말을 따른다!

단답형이지만 터마인은 가온을 주인으로 인식하고 분명

한 의념을 전하는 것으로 보아 확실하게 영성을 깨인 것 같았다.

'터마인, 네가 일족에게 명령을 내릴 수 있니?'

─당연하다!

다행이다. 터마인과 여왕 흰개미만 영충으로 만들면 나머지 흰개미 마충을 부릴 수 있는 것이다.

바로 여왕 흰개미 마충을 꺼냈는데 몸집이 엄청났다. 수컷에 비해서 두 배는 더 컸지만 일반적인 흰개미와 비교하면 굉장히 작은 편이다. 일반 흰개미 여왕은 왕 흰개미보다 대여섯 배는 몸집이 크니 말이다.

일반 흰개미 여왕은 몸이 너무 비대해서 날 수가 없지만 여왕 흰개미 마충은 몸집이 큰 만큼 날개도 커서 무리 없이 비행을 할 수 있었는데, 그동안 진화를 거듭했는지 더듬이를 제외한 안면부가 영락없이 여인의 얼굴이라서 어떤 면에서는 징그러웠다.

가온은 같은 방식으로 흰개미 마충의 암컷을 귀속시켰고 '터미나'라는 이름을 부여했다.

그리고 귀속한 기념으로 두 녀석에게 오크 사체 2마리를 주었다.

영충은 그냥 부리는 것이 아니라 적당한 대가를 주어야만 충성심이 강해진다고 했기 때문이다.

터마인과 터미나는 오크 사체 두 구를 그야말로 순식간에 먹어 치웠다. 날카로운 이빨은 가죽과 살은 물론 뼈까지 쉽게 부술 수 있었다.

그동안 이렇게 신선한 먹이를 먹는 것은 아주 오랜만이라서 그런지 터마인과 터미나는 크게 만족했고 그만큼 충성심이 높아졌다.

그렇게 흰개미 마충 2마리를 영충으로 만든 가온은 이번에는 메뚜기 마충을 꺼낸 후 영충사술을 이용해서 차례대로 영충으로 만들었다.

비록 몸집이 커지고 안면이 인간에 가깝게 진화했지만, 지능이 낮아서 그런지 비교적 쉽게 영충으로 만들 수 있었다.

영충이 되면서 몸집이 인간만큼 커지고 머리에 뿔까지 돋은 메뚜기 마충 다섯 마리에게 각각 하나, 둘, 셋, 넷, 다섯이라고 이름을 붙여 주었다.

그렇게 차례대로 영성을 획득한 놈들은 흰개미 마충이 그렇듯 가온에게 의념을 보낼 수 있었는데 복속한 직후 배고픔을 호소했다.

가온이 오크 사체 다섯 마리를 꺼내 주자 각각 한 마리씩 먹어 치웠는데, 터마인이나 터미나처럼 순식간에 해치웠다. 놈들도 뼈까지 갈아 먹어 치운 것이다.

그 모습을 보고 황당해하는 가온의 옆에서 지켜보던 터마인과 터미나의 의념이 전해졌다.

-주인, 아직 배가 덜 찼다!

-주인, 먹이가 더 필요하다!

제 몸집보다 두세 배는 더 큰 오크 사체 1마리씩을 포식하고도 부족한 모양이다.

가온은 겹눈을 빛내며 자신을 주시하는 일곱 놈에게 또다시 오크 사체 하나씩을 꺼내 주었다.

그렇게 오크 사체 2마리씩을 해치운 놈들은 비로소 배가 차는지 트림을 하는 놈까지 나왔다.

-잘 먹었다! 그런데 우리 아이들은 여전히 배가 고프다!

-주인, 새끼들이 배고프다!

메뚜기 마충에 비해서 지능이 높은 건지 흰개미 마충의 왕과 여왕이 새끼들이 배고픈 것까지 챙겼다.

'일단 기다려!'

곤혹스러웠다. 아공간 안에는 족히 수십만 마리에 달하는 흰개미 마충과 메뚜기 마충이 있었기 때문이다.

언젠가 쓰려고 챙겨 두었던 오크 사체로는 몸집보다 훨씬 더 많이 먹어 치우는 놈들을 만족시킬 수 없을 것 같았다.

일단 흰개미 마충과 메뚜기 마충을 아공간으로 돌려보낸 가온은 잠시 고민하다가 결정했다.

'할 수 없네!'

가지고 있는 오크 사체로는 한없이 부족했기에 어쩔 수 없이 딱정벌레 마충들을 놈들의 먹이로 주기로 했다.

일단 선와술로 흡수한 대상이 향하는 장소를 마충 아공간으로 설정한 가온은 본격적으로 선와술을 펼쳤다.

휘이이잉!

강력한 흡수력을 가진 소용돌이 바람이 풀과 나무를 갉아먹고 있는 마충들을 빨아들이기 시작했다.

어느덧 3성이 된 선와술은 1성이 오를 때마다 범위가 두 배씩 상승하기 때문에 현재는 가온을 중심으로 직경 40미터 내에 있는 모든 물건을 빨아들였다.

딱정벌레 마충은 물론 풀과 나무 심지어 바닥에 깊이 박혀 있지 않은 바위와 흙까지 모든 것을 빨아들였다.

가온은 혹시 놓치는 마충이 생길까 두려워서 영력 소모를 아끼지 않고 선와술을 최대로 펼쳐서 넓은 범위에 있는 모든 것을 빨아들여서 마충 던전으로 보냈다.

선와술은 움직이면서 유지하는 것이 가능했기에 가온은 선와술을 펼친 상태로 빠르게 이동하면서 딱정벌레 마충을 처리했다.

그럼에도 불구하고 딱정벌레 마충이 먹이 활동을 하고 있는 지역이 워낙 넓었기 때문에 영력을 모두 소모하고도 3분의 1 정도 처리하는 것이 고작이었다.

혹시 알이 남아서 번식을 할까 봐 광범위한 지역에 있는 모든 물질을 선와술로 처리했기 때문이다.

가온은 그렇게 선와술로 처리한 딱정벌레 마충이 최소한

몇십억 마리는 될 거라고 추측했다. 그만큼 숫자가 엄청난 것이다.

그렇게 던전을 빠져나온 딱정벌레 마충의 일부를 마충 아 공간으로 이동시킨 가온은 영력을 회복하기 위해서 세계수의 정수를 마신 후 명상을 했다.

레겐탈을 통해서 얻은 영력 전용 연공술을 알고는 있지만 아직 본격적으로 수련을 하기 전이다.

얼마 후 영력이 어느 정도 회복된 가온이 마충 아공간을 살펴보았다.

'호오! 딱정벌레 마충도 만만치 않네.'

마충 아공간 안은 그야말로 난리도 아니었다. 오랜만에 먹는 풀과 나무는 물론이고 흙과 바위를 모조리 먹어 치운 흰개미 마충과 메뚜기 마충이 이제는 딱정벌레 마충과 격렬하게 싸우고 있었다.

흰개미 마충과 메뚜기 마충은 그동안 서로를 잡아먹으면서 한편으로는 던전의 차원석이 방출하는 에너지를 흡수해서 진화한 덕분에 몸집이 커졌지만, 딱정벌레 마충의 개체수가 훨씬 더 많아서 그런지 어느 한쪽이 절대적인 우세를 차지하지는 못했다.

기존의 두 주인은 몸집이 훨씬 크고 치악력도 높았지만 침입자인 딱정벌레 마충은 갑각이 단단하고 숫자가 비교할 수 없이 많았다.

계속 지켜보니 슬슬 마충 아공간의 원래 주인들이 우세를 점하기 시작했다.

몸집 자체가 크게 차이가 나서 그런 것인지 두 종이 연합을 해서 그런지는 모르겠지만 딱정벌레 마충들이 잡아먹히는 경우가 많아지고 있었다.

하지만 그렇다고 해서 절대적인 우세도 아니어서 정리가 되려면 한참 더 시간이 필요할 것 같았다. 개체의 전력은 메뚜기 마충과 흰개미 마충이 월등하게 높은 것이다.

'뭐 당장 던전을 공략할 필요는 없으니까.'

영력을 충분히 회복한 후에나 움직일 생각이라 이번에는 갓상점에 접속해서 영석을 구입하기로 했다.

영석에서 영력을 흡수하면서 연공을 하면 빠르게 영력을 회복할 수 있었기 때문이다.

포인트는 많이 쌓여 있었기 때문에 별 부담 없이 상급 영석을 구입해서 영력을 회복한 가온은 다시 선와술을 펼쳐서 딱정벌레 마충을 마충 아공간으로 보내 버렸다.

그런데 마지막 시도에서 문득 영인이 된 레겐탈이 한 이야기가 떠올랐다. 영력을 가지고 있다고 해서 모두 다 영술을 펼칠 수 있는 것이 아니라 강대한 의식의 힘이 필요하다고 했던 부분이 특히 인상이 깊었기 때문이다.

'아! 영술!'

영술을 익히기 위해서는 영력이 필수적이었지만 또 다른

필수 조건이 있었다.

그건 바로 높고 단단한 의식의 힘이었다.

'스노족 결계술사들이라면 영술을 쉽게 익힐 것 같은데.'

체계가 잡힌 마법도 그렇지만 주술과 결계술은 높은 정신 능력이 필요했다. 체내, 특히 심장 주위에 서클을 생성하는 마법사와 달리 딱히 마력을 쌓지 않는 주술사와 결계술사는 높은 정신 능력으로 주술이나 결계술을 활성화시킨다.

'영석과 영력을 쌓을 수 있는 연공술을 이용한다면 영술을 펼칠 수 있을 거야.'

잘하면 아니테라에서 제 몫을 못 한다는 생각에 자책을 하고 있는 주술사와 결계술사 들이 마음껏 능력을 펼칠 수 있을 것 같았다.

'아!'

좋은 생각이 났다.

'완전히 소멸시켜야 하는 던전에 마충들을 투입하면 되겠어!'

세계수 엘라의 말이 맞는다면 던전을 구성하는 에너지의 절반 이상을 없애야만 던전이 완전히 소멸된다.

하지만 수목이 울창한 숲 환경의 던전은 마수나 몬스터를 죽이는 것으로는 그 조건을 충족시킬 수 없었다. 수없이 많은 동물들도 그렇지만 식물이나 광물까지 엄청나게 많았기 때문이다.

식성이 엄청난 메뚜기 마충과 흰개미 마충이라면 순식간에 그것들을 먹어 치울 수 있을 것이다.

'나머지 딱정벌레 마충을 처리하기 전에 일단 던전 상황부터 파악하자.'

그렇게 영력이 회복될 때까지 이런저런 생각을 하던 가온은 마침내 영력이 회복되자 던전 안으로 진입했다.

예상했던 대로 던전 안은 아주 황량했다.

'역시 던전 대부분이 사막이 되어 버렸네.'

게이트 주위는 모래밖에 없었다. 딱정벌레 마충들이 모조리 먹어 치운 것이다.

그렇다면 던전 내부에 있는 딱정벌레 마충은 별로 없을지도 모른다. 차원석의 에너지를 흡수하는 보스 정도라면 모르지만.

보다 자세한 상황을 살펴보기 위해서 투명 날개를 힘차게 흔든 가온은 금방 던전이 전부 내려다보이는 중앙의 상공으로 날아갔다.

'생각과는 좀 다르네.“

던전 안이 모두 사막으로 변해 있을 것이라고 예상했던 것과 달리 던전 곳곳에는 푸르른 풀과 나무가 자라는 작은 초원과 숲이 널려 있었다. 족히 수백 곳은 될 것 같았다.

'꼭 사막의 오아시스들 같군. 그런데 왜 저긴 남겨둔 거지?'

아직 풀과 나무가 자라고 있는 한 지역으로 날아서 내려가자 딱정벌레 마충들이 보이기 시작했는데 하나같이 몸집이 컸다.

던전 밖의 마충이 쌀알 크기였다면 이곳에 있는 마충들은 손바닥 크기에 달할 정도로 큰 것이다.

그런데 좀 다른 점이 있었다. 거대한 딱정벌레 마충들은 한곳에 모여 있었는데 대략 1천 마리는 될 것 같았다.

'뭘 하는 거지?'

가만히 엎드려 있는 것처럼 보였지만 자세히 보니 날카로운 이빨이 잔뜩 돋아난 입을 크게 벌리고 뭔가를 흡입하고 뱉기를 반복하고 있었다.

'설마 운공을 하는 건 아니겠지?'

아무리 마충이라고 해도 그건 너무 나갔다는 생각이 들었지만 심안을 발동하자 놈들의 중심에 작은 차원석이 있음을 알 수 있었다.

정말 놈들은 차원석이 방출하는 에너지를 흡수하고 있는 것이다.

'이곳도 메뚜기 마충 던전처럼 차원석이 하나가 아니라 굉장히 많은 특이 던전이구나.'

보통 마충은 닥치는 대로 먹어 치우고 있지만 이곳에 있는 놈들처럼 일부는 차원석의 에너지를 흡수해서 진화를 하고 있는 것이다.

다시 날아올라서 확인을 해 보니 차원석이 있는 장소가 무려 200곳이 넘었다. 그리고 차원석이 있는 곳에는 손바닥 크기의 진화한 딱정벌레 마충들이 모여 있었다.

가온이 어떻게 해야 할지 고민을 할 때 한곳에 있던 딱정벌레 마충 몇 마리가 자리에서 이탈했다.

뭘 하는지 관찰을 했더니 놈들이 나무를 갉아 먹기 시작했는데, 한 마리가 채 5분도 걸리지 않아서 세 아름드리 거목을 먹어 치웠다.

그런데 더 유심히 살펴보니 딱정벌레 마충마다 등딱지의 색깔이 달랐다.

은색, 검정색, 고동색, 갈색의 네 색깔이었는데 은색은 한 무리당 두어 마리가 전부였고 검정색은 십여 마리에 불과했다.

고동색 등딱지를 가진 놈들은 대략 5분의 1 정도였고 나머지는 모두 갈색 등딱지를 가지고 있었다.

몸집도 차이가 있었는데 은색은 손바닥 크기의 갈색보다 두 배 정도는 더 컸다.

'은색이 가장 강하겠군.'

1시간 정도를 지켜봤는데 이상한 점이 있었다. 희미한 갈색 등딱지를 가진 극소수만이 주기적으로 먹이 활동을 하고 나머지 마충은 꼼짝도 하지 않고 차원석의 에너지만 흡수하고 있었다.

'먹은 것들을 소화시키는 중인 건가? 아니면 진화를 하면 먹이 활동을 하지 않아도 되는 건가?'

그건 알 수 없지만 이렇게 몸집이 거대한 마충을 메뚜기 마충과 흰개미 마충의 먹이로 주는 건 아까웠다. 아니, 준다고 이놈들이 쉽사리 먹잇감이 될 것 같지도 않았다.

그렇게 던전 안을 날아다니며 딱정벌레 마충들을 살펴보던 가온은 중심부에서 처음으로 금색 등딱지를 가진 마충을 발견했다.

'호오! 저놈이 보스겠구나!'

일단 몸집부터 차원이 달랐다. 어린아이 몸통만큼 컸다.

가시가 달린 채찍처럼 굵고 긴 더듬이와 날카로운 가시가 돋은 세 쌍의 다리 그리고 크고 날카로운 턱이 아주 위협적이었지만 황금처럼 빛나는 등딱지의 광택은 아주 아름다웠다.

그리고 놈이 있는 곳에는 다른 딱정벌레 마충이 보이지 않았다. 아마 다 잡아먹었거나 두려워서 아예 접근을 못 했을 것이다.

'그럼 저놈의 능력부터 확인해 볼까?'

가온은 놈을 대상으로 선와술을 펼쳤다.

끼오오오오!

강력한 흡수력을 가진 소용돌이 바람이 놈을 덮치는 순간 놈은 강렬한 두통과 어지럼증을 유발하는 날카로운 음파를 방출했다.

'역시 보스!'

음파 공격은 전혀 예상하지 않았지만 놈을 공격하는 상대는 순간적으로 머리를 움켜쥘 정도로 강렬한 통증에 멈출 수밖에 없었다.

그런데 더 놀라운 게 있었다.

'허억! 흡수력을 가진 소용돌이 바람을 먹어 치운다고?'

비록 소리는 나지 않지만 금색 딱정벌레 마충은 선와술 특유의 소용돌이 바람을 빠르게 갉아 먹고 있었다.

가온은 깜짝 놀랐다. 소용돌이 바람은 영력으로 이루어져 있으니 딱정벌레 마충 보스는 영력을 갉아 먹은 것이다. 그것도 활성화된 영력을 말이다.

가온은 영력을 더 추가해서 갉아 먹힌 소용돌이 바람을 보수했고 놈은 결국 소용돌이 바람에 의해서 마충 전용 아공간으로 사라졌다.

심안으로 마충 아공간을 살펴보니 놀랍게도 딱정벌레 마충이 더 이상 보이지 않았다. 그 많은 놈들을 메뚜기 마충과 흰개미 마충이 모조리 잡아먹은 것일까?

'아니야!'

두 마충의 영역에 딱정벌레 마충 사체로 쌓은 커다란 무더기가 수십 개나 보였다.

'나중에 먹으려고 비축을 하는 건가? 왜 저렇게 쌓아 놨지?'

그 생각을 하고 있을 때 영충이 된 흰개미 마충 여왕과 메뚜기 마충 암컷 2마리가 알을 낳기 시작했고, 마충들이 그 알을 딱정벌레 사체로 이루어진 작은 산 주위로 옮기기 시작했다.

'번식을 하려는 거구나.'

그동안 먹을 것이 없어서 알을 낳지 않았던 모양인데 먹이가 풍족해지니 비로소 다시 알을 낳는 것이다.

특이한 점은 다른 암컷들도 있을 텐데 지금 알을 낳는 건 영충이 된 3마리밖에 없다는 것이다. 뭔가 특별한 이유가 있을 것 같은데 알 길은 없었다.

더 자세하게 마충 아공간을 확인하던 가온은 고개를 끄덕였다.

'다 잡아먹혔을 리가 없지.'

아까 전만 해도 메뚜기 마충과 흰개미 마충에 모두 잡아먹힌 것으로 보였던 딱정벌레 마충이 어느새 던전의 한 영역을 차지하고 놈들과 대치하고 있었다.

신이 나서 딱정벌레 마충들을 잡아먹던 메뚜기 마충과 흰개미 마충은 포식을 해서 그런 건지 아니면 딱정벌레 마충이 무리를 이루어서 대응을 해서 그런지 더 이상은 공격을 하지 않고 있었지만 상대의 움직임을 예의 주시하고 있었다.

그런 상태에서 금색 딱정벌레 마충 보스가 메뚜기 마충과 흰개미 마충의 영역에 나타나자 기다렸다는 듯이 흰개미 마충과 메뚜기 마충의 보스들이 놈에게 달려들었다.

지이잉.

금색 딱정벌레 마충은 몸 주위에 옅은 황금색 막을 만들더니 낫처럼 날카로운 가시가 돋아 있는 다리와 톱니처럼 예리한 이빨로 흰개미 마충과 메뚜기 마충 보스들을 공격했는데, 가온의 영충이 된 일곱 놈 역시 몸에 보호막을 둘렀다.

금색 딱정벌레 마충은 등딱지 아래에 있는 커다란 날개를 펴서 순식간에 메뚜기 마충 보스 한 마리를 덮쳤고 날카로운 이빨로 단숨에 보호막을 부수더니 다리를 물어뜯었다.

얇은 관절 부위를 노린 공격에 순식간에 다리 하나가 놈의 커다란 입안으로 들어가서 순식간에 사라졌지만 나머지 영충들이 그 순간을 놓치지 않고 달려들어 놈을 뒤덮었다.

한 덩어리가 된 마충들은 이리저리 굴렀다. 금색 딱정벌레의 힘이 워낙 강했다.

하지만 이전이었다면 모르지만 영충이 된 마충들은 금색 딱정벌레의 거센 반항에도 불구하고 놈의 몸통에 박아 넣은 날카로운 이빨을 연신 움직였다. 힘은 금색 딱정벌레 쪽이 더 강했지만 포위를 당한 시점부터 그 이점은 사라진 것이다.

사각! 사각!

소름 끼치는 소리와 함께 금색 딱정벌레의 몸은 흰개미 마충과 메뚜기 마충의 보스들에 의해서 갉아 먹히기 시작했는데, 놈 역시 사력을 다해서 상대를 갉아 먹으려고 했지만 중과부적이었다.

결국 금색 딱정벌레 마충은 영충들에 의해서 잡아먹혔고 남은 거라곤 금색 등딱지밖에 없었다.

물론 영충들도 무사하지는 않았다. 모두 다리나 더듬이가 하나둘은 사라졌고 몸통에도 뜯어 먹힌 흔적이 역력했다.

'굉장히 강한 마충이었군.'

영충이 되면서 능력도 높아진 것으로 생각되는 마충 7마리가 합공을 했음에도 불구하고 저 꼴이 되었으니 금색 딱정벌레가 얼마나 강력한 놈인지 알 수 있었다.

그런데 신기한 일이 벌어졌다. 금색 딱정벌레 마충을 잡아먹은 영충들의 몸에서 황금색 빛이 방출된 것이다.

그런데 빛이 사라지고 나자 영충들은 몸을 동그랗게 말고 움직이지 않았는데 몸에는 은은한 금색 광채가 흐르고 있었다.

'뭐지?'

의아한 가온이 한참 지켜봤지만 다른 변화는 일어나지 않았다.

다만 아직도 상대를 잡아먹기 위해서 처절하게 싸우고 있는 세 무리의 마충들은 그 주위로는 접근하지 않았다.

아무튼 이렇게 되면 나머지 딱정벌레 보스들을 이곳으로 이동시키면 안 될 것 같았다.

무슨 일인지는 모르지만 영충들이 더 이상 움직이지 못하는 상태가 됐으니 말이다.

잠시 고심하던 가온은 예전에 그랬던 것처럼 딱정벌레 마충 던전 자체를 자신의 영혼과 연결되는 아공간으로 만들기로 마음먹었다.

기존 아공간은 세 종류의 마충이 서식하기에는 좁기 때문이다.

'딱정벌레 마충 보스가 몇 번이나 진화를 했고 영충이 된 마충 7마리를 상대로 크게 밀리지 않았으니 쓸데가 있을 거야.'

전투력도 발군이지만 영력으로 이루어진 소용돌이 바람까지 뜯어먹을 정도라면 도움이 될 것이다.

지금 당장은 던전에서 빠져나올 전단원들 때문에 여유가 없지만 시간을 들여서 자신의 영충으로 만들어도 되고 이번처럼 1마리씩 영충들의 먹이로 줘도 될 것 같았다.

가온은 갓상점에 접속해서 아공간 젬을 구입했다. 가격은 이전과 동일한 5천만 포인트였지만 흔쾌히 지출했다. 앞으로 던전을 공략할 때는 물론이고 차원 의뢰를 수행할 때 영충들이 큰 도움이 될 거라고 확신했기 때문이다.

그렇게 구입한 아공간 젬을 이용해서 딱정벌레 마충 던전을 자신의 영혼과 연결된 아공간으로 만들어 버렸다.

'역시 던전 클리어로 인정이 되지는 않네.'

그래도 상관은 없었다. 이제 그의 영혼에 연결된 아공간은 무려 다섯 개로 그중 두 개가 영충이 된 마충이 서식하는 던전이었다.

가온은 곧바로 심안으로 아공간을 살펴서 금색 딱정벌레 마충을 찾았다.

던전 상공에서 살펴본 것과 달리 모습을 숨기고 있었던 모양인지 금색 딱정벌레는 많았다. 무려 10마리나 되었다.

가온은 1마리씩 꺼내어 영력을 주입하며 영충사술을 펼쳤다.

그런데 놀랍게도 금색 딱정벌레는 영력은 받아들였지만 그의 의식에 격렬하게 반항했다.

'호오! 재미있네!'

가온이 보낸 의식의 힘이 약해서가 아니라 놈이 본능적으로 거부하고 있는 것이다.

그러면서도 영력은 넙죽 받아들이는 것을 보면 생각이 아예 없는 것은 아닌 것 같았다.

가온은 놈이 받아들일 수 있는 최대한도까지 영력을 주입했다.

이미 만든 영충들은 영력 1만으로 영성을 획득했는데 이 놈은 7만이라는 영력을 주입했음에도 계속 받아들였다.

결국 10만이 넘는 영력을 넘겨주고 나서야 놈을 영충으로 만들 수 있었다.

영충으로 진화한 놈들은 몸집이 어른 머리만큼 커졌고 등딱지는 물론 머리와 배까지 모두 황금색으로 변했다.

이전에도 등딱지는 금색이었지만 색깔이 옅었고 다른 색이 섞여서 얼룩이 있는 것 같았는데 지금은 완전한 금색이 되었다.

가온은 금색의 딱정벌레 마충이 10마리나 되어 이름을 붙이기도 귀찮아서 영어로 이름을 붙여 주었다. 원부터 텐까지 말이다.

그런데 재미있게도 영충이 된 원부터 텐까지는 모두 흰개미 마충이나 메뚜기 마충과 달리 몸이 변하지는 않았지만 풍기는 기세는 굉장히 흉흉했다.

놈들도 마기로 인해서 변이가 된 만큼 완전히 잡식성이었다.

식물부터 동물은 물론 마나로 이루어진 막까지 뜯어먹을 정도로 엄청난 식성과 날카롭고 강력한 턱과 이빨을 가지고 있었다.

'제대로 챙겼네!'

기분이 끝내줬다.

영술사 양성

고등급 던전 공략은 성공적이었다.

경상자는 꽤 많았고 중상을 입은 단원이 여섯 명이나 나왔지만 죽지만 않으면 된다.

포션도 충분하고 무엇보다 대주교급이 된 아나샤는 팔다리가 절단되었어도 떨어져 나간 부위만 있으면 원래대로 붙여 줄 수 있었다.

그래도 아니테라 시간으로 열흘 정도는 쉬기로 했다.

휴식도 필요했지만 이번에 공략했던 던전에서 얻은 보상이 커서 개인적으로 갈무리할 시간이 필요했기 때문이다.

마침 아니테라로 건너갔을 때 시간이 점심 무렵이라서 그로서는 오랜만에 사랑하는 여인들과 함께 점심 식사를 했다.

점심이라서 메뉴는 허니비 꿀을 바른 빵과 우유 그리고 과일이 전부였지만 다들 맛있게 먹었다. 모두 아니테라의 농후한 마나를 머금고 있었기 때문이다.

차는 아나샤가 준비했다. 엘프족이 재배하는 차나무는 아주 특별해서 식사 후 입에 남은 음식의 흔적과 냄새를 모두 잡아 주는 것은 물론 몸과 뇌를 상쾌하게 만들어 주었다.

물론 찻잎도 좋았지만 아나샤가 신성력을 사용해서 만든 신성수로 끓였기에 맛이나 향 그리고 풍미가 남달라서 네 사람은 한동안 말없이 차를 즐기고 음미했다.

차를 반 정도 마신 후 가온은 모둔을 쳐다보았다.

"일은 잘되어 가고 있어?"

"네, 온 랑. 기가스 설계도 판매 건은 다음 주면 확정이 될 것 같아요. 시티 두 곳을 제외하고는 전승되는 영술 사본을 넘기기로 했고요. 그런데 왜 영술을 모으는 거예요?"

가온은 모둔의 물음에 자신이 세롬과 레겐탈에게 들은 영력과 영술에 대해서 알려 주었다.

"저나 아나샤 언니가 익힐 필요는 없을 것 같은데 모둔 언니를 위한 건가요?"

그렇게 묻는 아레오는 이미 연상 마법을 익히고 있었고 아나샤도 신성 마법을 익힌 상태라서 굳이 영술을 익힐 필요는 없었다.

또한 가온도 이미 초인의 반열에 오른 터라 굳이 새롭게 영술을 익힐 필요는 없었다.

'그러고 보니 모둔이 영술을 익히면 되겠네.'

아득한 시간 동안 다양한 에너지가 모인 것에 자아가 생겨나서 태어난 존재가 바로 모둔이 아닌가.

그리고 그렇게 모은 에너지를 이용해서 인간체를 구현했으니 모든 종류의 에너지에 강한 친화력을 가질 수밖에 없었다.

"정말 제가 익혀도 될까요?"

현재 모둔은 마법은 물론 검술까지 익히고 있다. 가온처럼 마검사가 되려는 것인데, 수련을 시작한 기간은 턱없이 짧지만 놀라운 진경을 보여 주고 있었다.

"영술은 모둔에게 아주 잘 맞을 거야. 모둔이 익힌 후에 스노족 결계술사들과 나가족 주술사들에게 전수를 해 줘."

결계술사와 주술사는 마법사처럼 지능 자체가 높을 뿐 아니라 마법사보다 훨씬 더 강대한 의식의 힘을 가지고 있다.

그들도 마나가 담긴 물체를 매개체로 사용하기는 하지만 결계술과 주술의 핵심은 강대한 의식으로 세상에 존재하는 힘을 원하는 대로 끌어내는 것이다.

"온 랑이 그렇게 말씀하시면 따를게요."

이제까지 수련해 왔던 길이 아니기에 모둔은 좀 떨떠름한 얼굴이었다.

"영술은 익히기는 어렵지만 일단 경지에 오르면 검술이나 마법보다 더 빠르게 펼칠 수 있고, 위력도 놀라울 정도로 강하니까 나는 물론 아니테라에도 큰 도움이 될 거야."

"그렇다면 최선을 다해서 익힐게요. 온 랑이 가르쳐 주실 거죠?"

"당연하지. 하지만 나도 영술을 쓸 수는 있지만 이론 부분은 약하니까 같이 연구하면서 수련해 보자고."

가온은 선술로 부르는 선와술과 분신술의 경우 보상으로 얻거나 갓상점에서 구입한 것으로 이론을 이해하고 기본부터 수련한 것이 아니라 바로 사용할 수 있었기 때문에 당연히 이론 면에서는 취약할 수밖에 없었다.

"네, 온 랑!"

모둔은 영술을 익혀서 아니테라에 도움이 된다는 거창한 목표는 별 관심이 없었다. 그저 사랑하는 가온과 함께 시간을 보낼 수 있다는 사실이 가장 중요했다.

───────

강가의 시원한 그늘에 자리를 잡은 가온은 레겐탈에게 선물 받은 영술서 중 연공술에 담긴 책을 꺼내어 먼저 일독을 하고 영술이 기록된 네 권과 함께 모둔에게 넘겨주었다.

"나는 연공술을 수련할 테니까 모둔은 이것들을 읽고 연공술과 영술에 대한 개념을 잡아 봐."

모둔은 기대감이 별로 느껴지지 않는 얼굴로 영술서 다섯 권을 받아 들었는데, 한번 읽기 시작하더니 흥미가 생겼는지 무섭게 집중했다.

가온은 그 모습을 보고는 가부좌를 틀고 영력 연공술의 내용을 천천히 떠올렸다.

연공술의 내용은 세상에 퍼져 있는 영력을 감지한 후 의지력을 발휘해서 몸 안으로 끌어들이는 것부터 시작해서 영력을 체내에 축적하고 충분한 영력이 쌓이면 전혀 드러나지 않고 막혀 있었던 영규의 위치를 알 수 있었다.

그때 수련자는 영력에 의식의 힘을 주입해서 그 영규를 뚫어야 한다. 그렇게 뚫린 영규는 일정한 양의 영력을 받아들여서 쌓을 수 있는 것이다.

기의 경우에는 단전에 축적이 되고 마나는 마나오션에 축적이 되지만 영력의 경우는 달랐다. 영력은 영규에 쌓이기 때문에 단전이나 마나오션의 역할을 하면서도 그 숫자가 많아서 차이가 났다.

영규라고 표현을 하고 있지만 가온은 영혈(靈穴)이라고 이해했다.

마나가 흐르는 경로상에 존재하는 지점으로 인체에서 중요한 역할을 하는 지점인 혈도와 비슷한 개념이다.

문제는 영규의 위치가 몸 안에 영력이 충분하지 않으면 드러나지 않는다는 점이다.

하지만 가온의 경우 체내의 영력은 충만한 상태다. 이런저런 경로를 통해서 얻은 영력이었는데 엄청난 양이었다.

심안을 발동한 후 영력에 집중해서 몸 안을 살펴보자 몸 전체에 안개처럼 퍼져 있는 영력의 파동을 느낄 수 있었다.

그에 더 집중해서 몸 전체를 꼼꼼하게 살펴보자 이제까지 전혀 의식을 하지 않았던 곳들을 감지할 수 있었다.

'영규가 이렇게 많다고?'

그동안은 혈도, 즉 마나 포인트만 의식을 했는데 지금 보니 희미하게 빛을 내는 영규가 엄청나게 많았다. 족히 300개는 넘을 것 같았다.

'그럼 현재 내 영력으로 이 많은 영규들을 모두 뚫을 수 있다는 거네.'

레겐탈이 넘겨준 연공술에서는 영규를 뚫기에 충분한 영력이 체내에 쌓이면 자극을 받은 영규가 하나씩 빛을 낸다고 했다.

그러니 300개가 넘는 영규는 현재 영력으로 충분히 뚫을 수 있다는 것을 의미했다.

일단 모둔을 살펴보니 아직도 영술서를 집중해서 읽고 있었다.

명석한 모둔이라면 읽는 것만으로도 영술의 핵심을 꿰뚫어 볼 수 있을 텐데 이렇게 집중하는 것을 보면 좋은 결과가 예상된다.

그렇게 다시 자신에게 집중한 가온은 연공술의 요결에 따라서 영규를 뚫어 보기로 했다.

영규를 뚫는 것은 영력도 중요하지만 강대한 의식의 힘이 필수적이었다.

영력을 의식의 힘으로 움직여서 막혀 있는 영규를 뚫어야 하기 때문이다.

가온은 이전에도 마나를 이용해서 마나로드를 뚫은 경험이 있고 의식의 힘도 강대했다.

체내에 가득한 영력 일부를 의지로 한데 모으는 과정은 너무나 쉬웠다.

'나사 모양이 영규를 뚫는 데 가장 좋을 거야.'

한곳으로 모인 영력을 더욱 압축해서 작은 나사 형태로 만든 가온은 의식의 힘을 더욱 끌어 올려서 그것을 영규로 이끌었다.

그리고 나사 형태로 만든 영력을 고속으로 회전시키기 시작했다.

우우우웅!

귀에는 들리지 않는 소음이 커지면서 막혀 있던 영규에 작은 균열이 생기고 곧 미세한 구멍이 뚫렸다.

이제 그 구멍을 더 키우면 된다.

가온은 나사 형태의 영력을 더 빠르고 넓게 회전을 시켜서 구멍을 넓히기 시작했고 얼마 후 '툭' 하는 소리와 함께 영규가 완전히 뚫렸다.

그러자 영규가 하얀빛을 방출하면서 의식의 힘과 상관없이 나사 형태의 영력을 끌어들이기 시작했는데, 체내의 영력은 물론 외부의 영력까지 끌어들여서 영규 안을 채우고 있었다.

얼마 후 영규가 완전히 채워졌는지 눈이 부실 정도로 강렬한 빛을 방출하더니 흡수력이 사라졌다.

가온은 남은 영력과 다른 영력을 합해서 또다시 나사 형태를 만든 후 바로 옆에 있는 영규를 뚫기 시작했다.

이미 한번 해 봤기 때문에 이번에는 훨씬 더 빠르게 영규를 뚫을 수 있었다.

픽! 픽! 픽!

몸 안의 영규들이 연속해서 뚫리면서 희뿌연 영력의 안개에 휩싸인 가온의 몸 곳곳에서 눈이 멀 것 같은 빛이 방출되기 시작했다.

한편 영술서들을 읽는 것에 그치지 않고 단어와 구절의 뜻을 이해하고 더 나아가 확장까지 한 모둔은 가온에게 일어난 기이한 현상에 책을 내려놓고 그를 주시했다.

'설마 온 랑이 벌써 영규를 뚫는 건가?'

팔부터 시작해서 어느새 두 다리를 거쳐 몸통 부분까지 이어지고 있는 빛의 방출은 분명 연공술에 나오는 영규가 뚫리면서 발생하는 현상이 분명했다.

'하긴!'

영술을 사용한다는 의미는 이미 체내에 많은 양의 영력을 축적하고 있다는 것이니 영규를 뚫는 것은 어렵지 않다. 다만 모둔이 놀라는 것은 빛을 방출하는 영규가 기이할 정도로 빠르게 늘어나고 있었기 때문이다.

'헉! 벌써 100개나 열렸어!'

영규가 빛을 발산하는 현상은 단순히 뚫린 것에 더해서 충분한 영력이 채워져야만 일어나는 것이기에 모둔이 놀랄 수밖에 없었다.

'대체 얼마나 많은 영력을 쌓았기에……'

모둔으로서는 알 수 없었지만 확실한 것은 갈수록 영규를 뚫는 속도가 빨라지고 있었고, 그의 몸은 영력의 안개 속에서도 점점 더 강한 영력의 빛을 방출한다는 것이다.

'영규를 많이 열면 열수록 영력도 증가하지만 영술의 위력이 강해진다고 했는데, 역시 온 랑이야!'

영규는 단순히 영력을 저장하는 곳이 아니다. 영규가 열리면 영력이 활성화되고 주위에 있는 근육, 뼈, 신경 등도 함께 활성화되면서 육체가 이전과는 비교할 수 없을 정도로 강해진다. 굳이 신체를 강화하기 위해서 많은 노력을 들일 필요가 없었다.

마나처럼 마나로드를 확장할 필요도 없다.

영력은 의식의 힘으로 움직이고 세포 단위를 투과하듯 빠르게 이동할 수 있기 때문에 굳이 길이 필요하지 않았다.

그래서 마나 혹은 마력을 사용하는 경우보다 훨씬 더 빠르게 의도한 현상을 만들어 낼 수 있다.

무엇보다 영술이 위력적인 점은 한 영규에 축적된 영력으로도 얼마든지 영술을 펼칠 수 있다는 것이다.

영술은 검술이나 마법과 달리 최대치가 존재하지 않았다.

그러니 영규가 많이 열리면 열릴수록 많은 영력을 사용할 수 있어서 영술의 위력도 강해진다고 하니 모둔이 놀라면서도 기뻐하는 것이다.

그것이 영술사의 장점이다. 수련하는 건 힘들지만 일정한 경지에 오르면 비교할 수 없을 정도로 막강한 능력을 발휘할 수 있는 것이다.

게다가 영규는 혈도나 마나 포인트와 달리 큰 편이라서 소모한 영력을 채우는 속도도 빨랐다.

호흡이나 미세한 모공으로 흡수해야만 하는 마나와 달리 영력은 곧바로 피부를 통해 들어와서 영규에 쌓인다.

그렇게 모둔이 지켜보는 가운데 가온은 첫 시도에 총 323개의 영규를 뚫을 수 있었다.

323개나 되는 영규에서 방출되는 빛으로 인해서 가온의 몸은 아예 보이지 않았다.

몸에 미증유의 에너지를 담고 있는 모둔조차 두려워 멀리 떨어질 정도로 무시무시한 영력의 흐름이 드래곤처럼 광구(光球)에 휩싸인 가온의 주위를 빠르게 움직이고 있었다.

가온은 영규를 뚫기 시작하면서 영력이 엄청난 속도로 증가하는 것을 고스란히 느낄 수 있었다.

사실 영력은 마나와 달리 평소에는 그 존재감을 거의 느끼지 못했다. 세 마나오션을 채운 마나와 달리 전신에 퍼져 있기도 했지만 일부러 집중하지 않으면 감지할 수 없는 유형의 에너지였다.

그런데 지금은 달랐다.

영규가 새롭게 뚫릴 때마다 순식간에 채워지는 영력은 이젠 가온이 의식의 힘을 사용하지 않아도 스스로 고속으로 회전하면서 영규를 채우고 있는데, 그 안에 내재된 폭발적인 힘을 느낄 수 있었다.

'왜 이제까지 아니테라에 이렇게 많은 영력이 있는 걸 몰랐을까?'

그런 생각이 들 정도였다.

더 이상 새로운 영규를 열 수가 없자 영력을 갈무리한 가온은 상태창을 확인하고 믿을 수 없다는 표정을 지었다.

'영력이 50% 가까이 늘어났어!'

기존에 가지고 있던 영력이 영규를 채운 것에 더해서 외부에서 그만큼 막대한 영력을 끌어들여서 영규를 채운 것이다.

영력만 증가한 것이 아니다.

영력과 관계가 있는 것으로 추측되는 지력과 감각 스텟도 각각 3천 정도씩 증가한 것이다.

지력은 잘 모르겠지만 지금 가온은 감각만으로 아니테라 전체에서 일어나는 모든 일을 살펴볼 수 있을 것 같은 기분이 들었다.

진짜 아니테라의 주인으로 내부에서 일어나는 모든 일을 실시간으로 느낄 수 있었기 때문이다.

지금 같아서는 굳이 심안을 발동하지 않아도 의식의 힘만으로 1만 보 이내의 공간은 벌레가 기어가는 것까지 감지할 수 있었다.

'매력은 왜 늘어난 거지?'

신기하게도 매력 스텟이 3배 가까이 증가했는데 이건 이유를 전혀 모르겠다.

가온은 다른 변화가 더 없는지 자신의 몸 전체를 꼼꼼하게 확인해 봤다.

'오! 영규도 서로 연결이 되어 있네!'

영력은 영규에만 머무는 것이 아니었다. 영규끼리 미세한 통로로 연결이 되어 있었다.

하지만 그렇다고 마나로드처럼 영력이 순환하는 것은 아니었다.

'무슨 이유가 있겠지.'

지금 당장 그 이유를 찾을 필요는 없었다.

가온은 이미 채워진 영규들의 상태를 확인하면서 영력의
성질을 다시 파악하기 시작했다.

한편 모둔은 가온이 영규를 300개가 넘게 뚫는 것을 보고
강한 자극을 받았다.

굳이 심안이 아니더라도 에너지에 민감한 그녀는 가온의
체내에서 일어나고 있는 모든 과정을 눈으로 보듯 알 수 있
었다.

'저렇게 영규를 확인하고 뚫는 거구나!'

가온을 지켜보는 과정에서 영력이라는 에너지를 확실하게
느끼고 인지한 모둔은 곧바로 의식을 체외로 펼쳐서 영력을
감지하고 끌어들이기 시작했다.

휘이이잉.

처음에는 산들바람처럼 모둔의 몸을 향해 불었던 영력의
흐름은 얼마 후에는 소용돌이 바람처럼 강하고 빠르게 변했
는데, 모둔은 계속해서 영력을 흡수했다.

모둔은 한 번에 영규를 하나씩 뚫을 생각이 아니라 최대한
많이 영력을 흡수한 후에 여러 개의 영규를 한꺼번에 뚫겠다
고 마음먹었다.

연공술의 내용과는 다르지만 이미 가온이 몸으로 증명했
으니 불안할 이유는 전혀 없었다.

모둔은 빠르게 체내로 들어와서 안개처럼 퍼지는 영력의

흐름을 또렷하게 느낄 수 있었다.

'이 정도면 됐어!'

충분한 양의 영력이 쌓였다고 생각한 모둔은 영력의 자극으로 인해 위치를 드러낸 영규를 확인했다.

'생각보다 많네.'

오랫동안 인간의 육체를 분석하고 연구한 끝에 만들어 낸 최상의 육체인 덕분에 가온에 비하면 전등 앞의 촛불에 비할 만큼 적은 양의 영력이지만 10개의 영규를 확인할 수 있었다.

모둔은 가온이 그랬던 것처럼 의식의 힘으로 영력 일부를 나사 형태로 만들어서 영규를 뚫기 시작했고 얼마 후 그녀의 첫 영규가 열렸다.

요령을 알았으니 나머지 영규를 여는 것은 그리 어렵지 않았다.

결국 그녀는 첫 시도에서 열 개의 영규를 열 수 있었다. 두 팔과 두 다리 그리고 머리에 각각 두 개씩의 영규였다.

'몸이 달라진 것 같아!'

영규를 연 것만으로 몸이 바뀐 것 같았다. 특히 사지(四肢)에 위치한 영규와 인접한 뼈와 근육 그리고 신경 조직들은 마치 성장기에 자극을 받은 것처럼 강하게 활성화되었고, 빠르게 강화된 것이다.

모둔은 지금 몸이라면 굳이 영력을 사용하지 않더라도

이전에 마나를 사용한 움직임과 속도가 가능할 거라고 확신했다.

그만큼 영규를 뚫은 효과는 무엇보다 육체적인 능력을 크게 높여 주었다.

'내가 이 정도면 온 랑은 대체 어떤 괴물이 된 거야?'

그건 잘 모르겠지만 확실한 것은 있었다. 자신이 사랑하는 남자는 이 세상 아니, 많은 차원에서도 손꼽히는 강자일 거라는 사실이다.

영규를 모두 뚫고 아직도 자세를 풀지 않고 마무리를 하고 있는 가온을 보는 모둔의 눈에는 애정과 함께 경의심이 가득했다.

성공적으로 영규를 뚫는 데 성공한 가온은 자신만큼은 아니지만 첫 시도에서 영규를 열 개나 뚫은 모둔과 함께 영술을 익혀 보기로 했다.

두 사람이 가장 먼저 익히기로 한 영술은 공간 이동술이었다.

"블링크 마법과 유사하지만 이동 거리가 길고 방향이나 도착 위치를 설정할 수 있어서 훨씬 더 유용할 것 같아요."

내용을 살펴본 가온도 모둔의 판단에 동의했다.

"게다가 영력과 의식의 힘만 충분하면 얼마든지 거듭해서 펼칠 수 있어서 언제 어떤 상황이든 몸을 안전하게 뺄 수 있지."

이럴 경우 텔레포트와 비슷한 효과를 낼 수 있지만 마나의 유동을 멈추는 결계진이나 마법진의 영향에서도 자유롭다는 이점이 있었다.

두 사람은 일단 각자 공간 이동술을 몇 번 시전해 보고 서로의 경험을 공유하고 개선점을 찾는 방식으로 수련을 시작했는데, 둘 다 의식의 힘이 워낙 강대했기에 그리 어렵지 않게 익힐 수 있었다.

"영술이 모두 이렇다면 마법보다 훨씬 더 강력한 수단이 될 것 같아요!"

모둔도 공간 이동술의 진미에 푹 빠져 버렸다.

영력만 충분하면 반드시 전투 상황이 아니더라도 단거리를 이동할 때 이보다 더 뛰어난 수단이 없을 것 같았다.

가온도 모둔처럼 이동 자체에도 매력을 느꼈지만 전투에서 사용할 경우 굉장한 전력이 될 수 있다는 확신을 얻었다.

1성의 한계인 100보가 아니라 10보 내에서만 이 공간 이동술을 사용해도 상대를 손쉽게 처리할 수 있었다.

공간을 넘어 이동하는 것이기에 상대의 동체 시력이나 감각으로는 어느 곳에 나타날지 알 수가 없는 것이다.

이렇게 되면 막대한 마나를 사용해서 일정 공간을 자신의 영역을 만들 필요조차 없었다.

'영술은 사용하기에 따라서 엄청난 위력을 발휘할 수 있군.'

그렇게 모둔은 이동 자체에 무게를 두고, 가온은 신법처럼 활용하는 데 중심을 두고 공간 이동술을 수련했다.

그렇게 공간 이동술을 어느 정도 익힌 다음에는 분신술과 비검술을 수련했는데 검술이나 마법보다 훨씬 더 다양하게 활용할 수 있다는 확신이 들었다.

⊰⊱

다음 날 가온은 혼자 스노족 거주지를 방문했다.

스노족은 새롭게 마련한 울창한 숲에서 살고 있었다.

숲을 이룬 나무들은 잎이 넓은 상록 활엽수였기에 그들의 거주지는 대낮에도 햇빛이 많이 들어오지 않아 다소 컴컴했다.

가온의 방문 소식에 놀란 헤르나인 등 스노족 수뇌부가 그를 맞이해서 일족의 중요한 일을 논의하는 공간으로 이끌었다.

가온은 다섯 원로를 포함해서 30여 명이나 되는 수뇌부와 일일이 인사를 나눈 후에야 좌정했다.

"이곳 생활에 어느 정도 적응은 했지요?"

"그렇긴 한데 결계술사들의 위치가 어정쩡하네요."

스노족은 수장인 헤르나인을 포함해서 100여 명이 전사단과 마법단에서 활약을 하고 있어 이번 던전 공략에도 참여

했다.

거기에 타이탄 공방에도 꽤 많은 결계술사들이 마법진을 새기는 공정에 투입되어 있는 상태였다.

하지만 아직도 여전히 나이가 많은 스노족 결계술사 대부분은 자리를 잡지 못하고 있었다.

젊은이들처럼 적응력이 높고 사고가 유연하지 않아서 결계술이 아닌 마법을 익히는 것에 강한 거부감을 가지고 있었기 때문이다.

물론 시간이 흐르면 자연스럽게 결계술 대신 마법을 익히는 이들이 나오게 되겠지만, 스노족의 귀중한 유산인 결계술을 지키려는 이들도 아직은 많아서 내부적으로는 혼란이 가라앉지 않은 상황이다.

"그래서 말인데 혹시 영술이라는 단어를 들어 본 분이 있습니까?"

"영술요?"

헤르나인은 원로들부터 시작해서 상급 결계술사들을 차례로 쳐다봤지만 그들도 전혀 모르는 눈치다.

"영술은 영력이라는 에너지와 강대한 의식을 사용해서 마법과 같은 비정상적인 힘을 이끌어 내는 능력입니다."

가온의 설명에도 불구하고 수뇌부 누구도 이해하는 눈치가 아니다.

"영술 중에는 이런 것도 있지요."

그 말을 마치기가 무섭게 가온의 신형이 꺼지듯 사라지더니 공회당 밖에 나타났다.

"허업!"

다들 헛바람을 토했다. 가온은 그들이 보는 앞에서 아무런 전조 현상이나 주문도 없이 순식간에 공간 이동을 한 것이다.

동체 시력은 물론 감각으로도 그의 이동을 전혀 감지하지 못했으니 놀랄 수밖에 없었다.

그렇게 경악한 스노족 수뇌부가 지켜보는 가운데 가온이 거짓말처럼 제자리로 돌아왔다.

단순히 빠르게 이동을 한 것이 아니라 눈앞에 잔영이 남아 있는 상태에서 공간을 넘어 이동한 것이다.

수뇌 중 일부는 자신이 꿈을 꾸는가 싶어서 팔뚝을 꼬집기도 했지만 가온이 대략 50걸음이나 떨어진 거리까지 공간 이동을 한 것은 확실했다.

"이런 영술도 있습니다."

입을 벌리자 아주 작은 단검 한 자루가 튀어나오더니 이내 보통 단검처럼 커졌는데 마치 살아서 움직이는 새처럼 이리저리 날아다녔고 마지막에는 공회당 밖에 세운 일종의 표지석을 갈랐다.

그런데 검기나 오러 블레이드가 생성된 것도 아닌데 그 거대한 표지석이 두 쪽으로 갈라졌다.

그 모습을 본 스노족 수뇌부는 단검에 마나와는 다르지만 엄청난 힘이 실려 있음을 알 수 있었다.

'그럼 저 단검에 영력이라는 에너지가 담긴 건가?'

그런 생각을 하고 있을 때 가온이 다시 단검을 움직이며 입을 열었다.

"영력은 의식과 아주 빠르게 반응하는 에너지입니다. 그래서 체내에 단검을 집어넣고 영력을 조금씩 주입해서 제련한 단검은 언제든 체외로 꺼내어 의식으로 움직일 수 있지요. 영력을 이용해서 이렇게 제련한 단검을 영기라고 부르는데 담겨 있는 영력의 양이나 질에 따라서 위력이 천양지차지만 검기나 오러 블레이드에 갈음하는 위력을 발휘할 수 있습니다. 참고로 이 정도의 영술은 검사로 치면 익스퍼트 초급, 마법사의 경우 4서클 정도면 사용할 수 있습니다."

스노족 수뇌부는 이제야 영술에 대해서 어느 정도 이해할 수 있었다.

"결계술사들은 아니테라의 다른 종족에 비해서 의식의 힘이 무척 강합니다. 결계술을 펼치려면 높은 집중력과 끈기 그리고 의지력이 필요하기 때문입니다. 그래서 일단 영력에 대한 친화력만 높이면 영력을 쌓고 영술을 쉽게 펼칠 수 있을 겁니다."

"그, 그럼 결계술 대신에 영술을 익히란 말씀입니까?"

헤르나인의 부친이며 원로의 대표인 하케인이 물었다.

"강요하지는 않겠지만 스노족에게는 결계술보다는 영술이 더 어울린다고 생각합니다. 영술은 강대한 의식의 힘도 필요하지만 대부분의 공격 영술은 연수 합격이 필요합니다."

영인들이 영술을 여러 부분으로 나눠서 전한 것을 보면 그것은 확실했다.

한 명이 펼칠 수도 있을 테지만 여러 영술사들이 힘을 합쳐서 펼칠 때 위력이 강해지기 때문에 그렇게 했을 것이다.

"여러분도 알다시피 결계술은 무척 유용한 술법입니다. 특히 시간적인 여유가 있을 때 그 어떤 것보다 강력한 위력을 발휘합니다. 하지만 그만큼 한계도 뚜렷하지요. 특히 공격 용도의 결계술은 미리 준비가 되어 있지 않으면 발동이 불가능하지요."

그 한계에 대해서는 가온이 굳이 더 거론하지 않아도 스노족 수뇌부가 너무나 잘 알고 있다.

강력한 위력을 가진 공격용 결계술은 극소수를 제외하고는 파리지옥처럼 적을 결계 안으로 끌어들여야만 가동할 수 있었기 때문이다.

가온의 말은 익힐 사람만 익히라는 것인데 이미 결계술의 한계를 익히 알고 있으면서도 마법을 거부해 온 사람들은 고민이 될 수밖에 없었다.

가온은 스노족 사람들이 충분히 고민할 수 있도록 시간을 주었다.

그래야만 앞으로 영술을 수련할 때 도움이 될 것이다.

30분 정도가 지났을 때 하케인 원로가 가장 먼저 입을 열었다.

"헤루스, 혹시 다른 영술들도 있습니까?"

하케인이 방금 전과는 미묘하게 달라진 눈으로 그렇게 물었다.

"영술은 아이테르 차원의 시티 시장 가문에 전승되어 왔는데, 현재는 영력이나 의식의 힘이 부족해서 제대로 익히고 있는 이가 없습니다. 그래서 적당한 대가를 주고 구하는 중이니 꽤 많은 영술을 확보할 수 있을 겁니다. 다만 내가 익히고 있는 영술 중 하나를 더 보여 주도록 하지요."

잠시 후 가온은 여전히 그 자리에 있는데 또 다른 가온이 공회당 앞에 나타났다.

"헉!"

여기저기에서 경호성이 터져 나왔다.

가온은 손가락 끝에 검기를 만들어서 천천히 검술을 펼쳤고 공회당 앞에 나타난 분신은 체술을 펼치기 시작했다. 두 가온이 독립적인 존재임을 확인시켜 준 것이다.

"분신인가요?"

얼마 후 헤르나인이 놀란 얼굴을 감추지 못하고 물었다.

"맞습니다. 영술 중에는 지금처럼 분신을 만들어서 독립적으로 움직일 수 있는 분신술도 존재하지요. 분신은 영력의 소모가 크기는 하지만 사용하기에 따라서 전투에서 엄청난 변수를 만들어 낼 수 있습니다."

그렇게 말한 가온은 공회당 구석에 또 다른 분신을 만들어서 벽에 걸려 있는 게시판에 영술을 익히고 싶은 이는 모둔을 찾아가라는 내용의 공지를 썼다.

그렇게 두 분신이 본신과 독립적인 행동을 하는 모습을 본 스노족 수뇌부의 눈빛이 어느 순간부터 달라졌다.

분신을 거둔 가온은 스노족 수뇌부에게 결계술 대신 영술을 수련하고 싶은 사람이 있다면 모둔을 찾으면 된다는 말을 남기고 공간 이동술을 펼쳤다.

수백 보 거리에 나타났다가 사라진 가온의 모습은 또다시 수백 보 떨어진 곳에 나타났다가 다시 사라졌다. 연속해서 공간 이동술을 펼친 것이다.

그리고 곧 그의 모습이 더 이상 보이지 않았다.

"후유~!"

누군가의 입에서 긴 한숨이 흘러나왔다. 너무 크게 충격을 받아서 호흡조차 제대로 하지 못한 것이다.

"저는 영술을 수련하기로 결심했습니다. 하지만 그렇다고 결계술을 포기할 생각은 없습니다. 그리고 어떻게 해서든 영술과 결계술을 결합해서 스노족만의 비전으로 만들 생각입니다."

그렇게 말한 이는 해러스였다. 상급 결계술사들의 수장 중한 명인 그의 말에 몇 명은 인상을 찡그렸지만 다른 사람들은 더욱 고민이 되는지 눈빛이 깊어졌다.

스노족 수뇌부는 일족의 결계술사들을 모두 소집해서 가온의 제안과 영술에 대해서 상세히 설명을 하고 자원을 받기로 결정했다.

아니테라로 이주하기 전만 해도 전사는 수장인 헤르나인을 포함해서 열 명밖에 안 되고 나머지는 당연히 결계술을 익혔지만 지금은 사정이 달라졌다.

전사가 되기를 희망해서 예비 전사가 된 부족원도 있었고, 결계술을 익혔지만 마법에 매료되어 마법을 새로 배우고 있는 부족원도 있었다.

남은 결계술사들은 이미 결계술을 중급이나 중급에 가깝게 익힌 이들이 태반이었다. 그들은 이제껏 수련한 결계술을 이제 와서 포기하기가 힘들기 때문이다.

그런 이들에게 결계술과 비슷하게 여러 사람이 힘을 합쳐서 펼쳐야 하며 강대한 의식의 힘이 요구되는 영술은 새로운 가능성을 열어 주었다.

결계술사의 수장이라고 할 수 있는 하케인의 설명에도 불구하고 결계술사들은 고민을 할 수밖에 없었다.

하지만 해러스를 위시한 상급 결계술사 13명이 영술을 익히겠다고 선언하자 상당수가 그 길을 선택하기로 했다.

결국 스노족 결계술사 중 원로를 포함해서 상급 13명, 중급 62명, 초급 383명이 영술사로 전향하기로 결정했다.

그 소식을 들은 가온은 크게 기뻐하면서 자신이 직접 상급 결계술사 13명을 가르치기로 했다. 나머지는 그들이 가르치게 할 예정이다.

영력을 감지할 수 있게 해 주는 동시에 영력을 쌓을 수 있는 영석들은 갓상점에서 대량으로 구입했다.

차원 의뢰만 완수하면 대량의 명예 포인트가 들어오기에 부담을 느낄 필요가 없었다.

그렇게 아니테라의 다른 일족과 달리 늦게까지 갈 길을 찾지 못해서 방황하던 스노족에게도 드디어 새로운 길을 걸을 기회가 주어졌다.

이제 남은 것은 영술사들이 익힐 영술을 확보하는 것밖에 없었다.

상급 결계술사들의 능력은 대단했다.

가온이 그들의 몸에 직접 영력을 주입해 주자 대기 중의 영력을 감지했고 어렵지 않게 연공술을 수련할 수 있었다.

다들 상급 영석 하나씩을 쥐고 연공에 몰두했지만 영규를 뚫는 것은 쉽지 않았다.

가온은 일주일이 지나서 하케인이 겨우 영규를 뚫자 혹시 자신의 가르침에 잘못이 있는 건 아닌지 의심했다.

그에 레겐탈과 통신을 통해 물어봤는데 그건 그와 모둔을 기준으로 잡은 오류였다.

영인이 된 레겐탈의 경우 이미 6서클 마법사였지만 영력을 쌓고 첫 영규를 뚫는 데 무려 보름이나 걸렸으니, 하케인의 진전이 오히려 훨씬 빠른 것이었다.

스노족이 마법사보다 훨씬 더 강대한 의식의 힘을 가지고 있다는 증거였다.

그래서 열흘이 되기 전에 열세 명이 모두 영규를 뚫는 성과를 올렸다.

모공에 비하면 엄청나게 큰 영규를 통해서 영력을 흡수할 수 있게 되자 영력을 쌓는 속도가 굉장히 빨라졌고 덕분에 추가로 영규를 뚫을 수 있었다.

영규를 뚫은 효과는 대단했다. 몸이 너무나 가벼워졌을 뿐 아니라 이전에는 느낄 수 없었던 힘이 꿈틀거리는 것을 느낄 수 있었다.

스노족은 본래 체력이 좋지 않았다. 결계술에 체력은 딱히 필요하지 않았고, 결계술을 펼치기 위해서는 집중과 끈기가 더 필요했기 때문이다.

그래서 스노족 결계술사 대부분이 마법사처럼 마른 몸매를 가지고 있었으며 체력이나 근력이 약한 편이었는데, 영규를 하나 연 것만으로도 체력부터 시작해서 근력과 민첩성까지 높아졌으니 놀랄 수밖에 없었다.

이런 가시적인 변화는 결계술사들에게 영술이 얼마나 대단한지를 간접적으로 알려 주는 증거였다.

스노족 결계술사들은 처음 연공술을 전수받았을 때와 달리 확신을 가지고 영술을 수련하기로 마음먹었다. 마음가짐이 달라지니 수련 속도가 빨라질 수밖에 없었다.

가온은 일곱 개의 영규를 뚫어야만 다른 결계술사들에게 연공술을 가르칠 수 있다고 미리 말해 두었기에 그들은 새벽부터 밤늦은 시간까지 영규를 추가로 뚫는 데 전력을 기울였다.

결계술사들이 영규를 뚫는 것까지 확인한 가온은 열흘 만에 전단 본부를 방문했다.

안 그래도 몸이 근질거렸던 전단 수뇌부는 그의 방문을 격하게 반겼다.

"이제 다시 던전을 공략하는 건가요, 헤루스?"

시르네아가 수뇌부를 대표해서 물었다.

"맞아."

원래 가온은 자신이 쉽게 영술을 익힌 만큼 상급 결계술사들도 금방 영술을 익힐 수 있을 줄 알았다. 그래서 그들을 전단에 포함시켜서 전공을 쌓게 해 줄 생각으로 던전 공략을 미뤘던 것이다.

하지만 결계술사들이 열흘이나 지나고 나서야 겨우 영규를 뚫자 더 이상 기다릴 수가 없었다.

물론 그동안 놀기만 한 것은 아니다.

잠깐 아이테르 차원을 건너가서 모둔이 진행하는 일의 경과를 확인하는 한편 세롬과 연락을 해서 던전에 대한 새로운 정보를 입수했다.

그리고 나머지 시간은 그 역시 레겐탈에게 전해 받은 영술을 더 깊이 연구하고 수련한 것이다.

아무튼 영술사들이 제대로 활약하려면 아직 시간이 많이 필요하니 더 이상 던전 공략을 미룰 수가 없었다.

가온을 제외하고는 유일하게 아니테라와 아이테르 차원을 오갈 수 있는 모둔이 새로운 던전 정보를 가지고 온 것이다.

"이번에 공략할 던전은 위험할 텐데 괜찮을지 모르겠네."

"성장하려면 당연히 감수해야죠."

"전단장의 말이 맞습니다!"

"진정한 전사는 피를 통해서 태어난다고 하잖아."

시르네아의 말에 다른 수뇌들도 같은 의견이었다.

'하긴 그동안 내가 너무 과보호를 했지.'

전단원들이 아이테르 차원의 던전을 공략하는 과정에서 아직 사망자가 한 명도 나오지 않은 것은 전적으로 가온의 과보호 덕분이었다.

던전을 공략할 때 차고 넘치는 전력을 동원하도록 했다.

안 그래도 수가 적은 아니테라의 전사들이 헛되이 죽는 것이 싫었기 때문이다.

하지만 이젠 상황이 달라졌다. 생사의 위기를 극복해야 할 시기가 된 것이다.

"이번에 우리가 공략할 던전은 아이테르 차원에서 가장 광대하다는 나막트 습지 한복판에 있다. 나막트 습지는 수만, 아니 수십만 년 전에 만들어졌는데 흐름이 정체되어 썩는 바람에 악취가 진동하고 흡혈충을 비롯해서 독충들이 들끓는다고 해. 거기에 독기를 받아들여서 변이를 일으킨 나가족이나 리자드맨과 같은 종족이 습지 곳곳에 자리를 잡고 있어서 습지의 중심부에 있는 섬에 던전이 생긴 것을 알면서 아이테르 차원인들은 감히 공략을 할 수 없었다네."

사실 가온처럼 비행 아이템을 가지고 있으며 대규모 군세를 소환할 수 있는 능력이 없다면 던전을 공략하기는커녕 던전까지 무사히 접근하는 것도 불가능했다.

"헤루스, 혹시 던전의 보스는 알려졌나요?"

나가족과 리자드맨이 언급되자 예하가 큰 관심을 드러냈다.

"아니, 전혀."

접근이 불가능하니 그런 기본적인 것도 전혀 알려지지 않았다.

다만 던전이 생성된 후에 습지의 독충과 마수 그리고 몬스터 들이 영역을 확장하고 있다는 사실만 확인했을 뿐이다.

"그럼 어떻게 습지 중앙의 섬에 던전이 생성되었다는 사실이 알려진 겁니까?"

"급한 일이 있어서 습지 건너편으로 건너가야 했던 상단이 있었는데, 습지가 워낙 컸던 만큼 돌아가면 6개월이 걸릴지 1년이 걸릴지 알 수 없어서 거금을 기부하고 마탑의 지원을 요구했었대. 상단에서 내놓은 돈이 워낙 거금이었기에 마탑에서는 6서클 마법사에게 부탁을 했고 그 마법사는 위험을 무릅쓰고 플라이 마법으로 습지를 날아서 이동한 거지. 그러면서 자연스럽게 습지 중앙의 큰 섬에 생성된 던전을 발견한 것이고."

사실 그런 식으로 이동하는 것은 굉장히 위험했다.

멀티캐스팅이 가능한 6서클 마법사라지만 와이번이 습격을 하면 목숨을 구할 가능성이 현저히 적었기 때문이다.

가온의 생각에는 그 마법사는 아마 마탑으로부터 유사시 사용할 수 있는 텔레포트 스크롤을 받았을 것이다. 그게 아니라면 어떤 대가를 준다고 하더라도 마법사가 위험을 무릅쓸 생각을 하지 않을 테니 말이다.

"그런데 굳이 그런 던전을 공략할 필요가 있을까요?"

"나 역시 그렇게 생각하지만 정보 제공자가 말하길 그 던전이 생긴 이후 습지가 확장되는 것은 물론 마기가 확산되고 있다고 했어."

"혹시 마계와 관계가 있는 던전일까요?"

"아마도."

세롬 탑주도 그런 이유로 습지 던전을 반드시 공략해야 할 다섯 던전 중 하나로 꼽았을 것이다. 마족이 보스인 던전을 많지만 마계, 즉 농후한 마기가 있는 차원과 연결된 던전은 거의 없었다.

마기는 동식물 대부분을 죽이지만 극소수는 마기를 받아들여서 변이를 한다. 그렇게 마기로 인해 변이한 동물을 변이 마수, 혹은 변종 마수라고 부르는데 번식에 성공하면 새로이 마수로 분류한다.

마기로 인한 변이는 인간에게도 해당된다. 마기를 받아들여서 변이한 인간을 마인이라고 부르는데 마기의 영향으로 특별한 능력이 생기는 대신 성정이 흉악해지고 이성을 잃고 서슴없이 살육을 하게 되어 무척 위험했다.

그러니 미트라 던전은 물론 세롬 역시 마기의 원천으로 짐작되는 던전을 중요하게 여길 수밖에 없었다.

다만 자신들의 전력으론 독충과 수생 마수 들이 들끓는 습지 중앙의 던전을 공략할 수 없으니 가온에게 부탁하는 것이다.

"어쨌든 일단 가 봐야겠네요."

"맞아. 그러니 대기해."

던전 상황에 따라서 타이탄을 사용할 수도 있고 아닐 수도 있다. 전단원 모두가 소환될 수도 있고 소수 정예만 소환될 수도 있으니 아직은 아무것도 정해진 것이 없었다.

하지만 가온은 습지의 던전이 결코 호락호락한 장소가 아닐 거라고 예상하고 있었다.

습지 던전

대륙 서남부에 위치한 나막트 습지.

메가시티 열 개가 들어가도 남을 정도로 엄청난 규모의 이 습지는 독기를 품고 있는 안개가 1년 내내 일부를 덮고 있었다.

그 습지의 높은 상공을 날고 있는 존재가 있었다. 와이번 과 같은 비행 마수가 아니라 바로 가온이었다.

'족히 200미터는 올라온 것 같은데 아직도 마기와 독기가 느껴지네.'

마기야 그렇다고 치더라도 이 광대한 크기의 습지가 대 체 어떤 과정을 거쳐서 이런 독기를 발산하게 되었는지 모 르겠다.

물론 이 정도의 독기나 마기는 가온에게는 아무런 지장도 줄 수 없었다.

얼굴을 제외한 피부는 파르가 방호하고 있으며 호흡을 통해 흡입하는 독기도 강철처럼 단련된 가온의 몸에는 아무런 영향도 주지 못한다.

마기 또한 마찬가지다.

굳이 의식하지 않아도 저절로 순환하는 음양기는 마기를 흡수해서 음양기로 바꿀 뿐 아니라 체내에 아직 체내에 남은 엄청난 양기는 음기에 해당하는 마기와 결합해서 음양기로 바뀌는 것이다.

나중은 몰라도 지금 마기는 가온에게는 영약이나 다름없었다.

문제는 그가 아니라 함께 던전을 공략할 전단원들이다. 그들에게는 이곳의 지독한 마기와 독기를 제어할 수 있는 능력이 없었다.

'혼자 공략해야 하나?'

잠깐 그런 생각을 했지만 던전에 앞서 먼저 습지 전체를 정찰해 보기로 했다. 상황을 파악해야 무슨 방법을 찾는지 할 테니 말이다.

거의 1시간에 걸쳐서 습지를 돌아본 가온의 안색은 그리 좋지 않았다.

'너무 넓어!'

일단 너무 넓은 데다가 습지 주위에는 사람 키가 넘게 자란 갈대가 그득했다.

그 속에 무엇이 숨어 있을지 도무지 짐작되지 않을 정도였다.

'이러니 인간은 물론 어지간한 마수나 몬스터가 근처에 접근조차 할 수 없지.'

확실한 것은 흡혈충이나 독충 들이 엄청나게 많을 거란 사실이다.

거기에 썩은 물이 대부분이라서 그런지 가끔 보이는 나가족이나 리자드맨은 피부가 검거나 검붉었고, 무엇보다 몸집이 굉장히 컸는데 생각보다 무리가 컸다. 습지 전체로 따지면 수만 마리가 넘을 것 같았다.

'뭐 나와는 상관이 없지만.'

습지를 어떻게 처리하려는 것이 아니라 던전을 공략하려는 것이고 하늘을 통해서 던전까지 이동할 테니 가온이 크게 신경을 쓸 문제는 아니지만 심란하기는 했다.

이런 악지(惡地)가 나날이 확장된다고 하니 습지 주위의 시티들이 긴장하는 것도 무리는 아니다.

습지 전체를 정찰한 가온은 던전이 있는 습지 중앙의 섬으로 날아가면서 점점 더 농후해지는 마기를 느낄 수 있었다. 그걸 보면 확실히 던전이 마기의 원천으로 보였다.

습지 곳곳에는 섬들이 널려 있었지만 중앙부에는 작은 섬 하나만 있었다.

섬 주위는 수심이 10미터 이상일 정도로 깊었고 가장 가까운 섬도 3킬로미터가 넘게 떨어져 있어서 그야말로 고립무원의 환경이었다.

장축이 100여 미터인 타원형의 섬에는 습지 바깥과는 다른 식생이 펼쳐져 있었다.

진녹색이거나 검정에 가까운 날카로운 잎을 가진 짧은 풀이 듬성듬성 자랄 뿐 대부분의 땅은 검게 썩어 버려서 악취를 자아내고 있었다.

땅 대부분이 썩어서 그런지 흔한 설치류는 물론이고 조류도 전혀 보이지 않았다. 눈에 보이는 건 엄청난 숫자의 다양한 독충들밖에 없었다.

던전이 있는 곳은 섬 중앙이었다.

이미 오랜 시간에 걸쳐서 지하 깊숙한 곳까지 썩어 버린 땅이지만 그래도 전에는 풀이 자라고 있었던 것 같은데, 던전에서 흘러나온 마기로 인해서 모두 죽어 버린 후 죽음의 기운만 가득한 듯 보였다.

그런데 던전 근처에 있어서는 안 될 생물이 보였다.

비늘이 검붉은 거대한 뱀 수천 마리가 일정한 간격을 유지한 상태로 똬리를 틀고 마치 던전을 지키는 것처럼 자리하고 있었다.

'던전을 지키는 것이 아니라 던전에서 나오는 마기를 빨아

들이고 있군.'

이미 마화(魔化)가 된 놈들이 분명했다.

그때 섬의 가장자리에 있던 뱀 한 마리가 똬리를 풀고 이동을 했는데, 길이가 5미터에 육박했고 몸통 직경이 두 뼘은 될 것 같았다.

'저 정도면 뱀이 아니라 구렁이라고 불러야겠네.'

지켜보니 놈이 움직인 이유가 있었다. 비슷한 크기의 검은 악어 한 마리가 섬을 오르고 있었다.

검은 뱀이 갈라진 긴 혀를 내밀어 악어의 움직임을 감지하는가 싶더니 걸쭉한 검은 침을 뱉었는데 놀랍게도 30미터는 떨어져 있는 목표의 머리를 그대로 관통했다.

파르르.

악어는 걸쭉한 검은 침에 머리통에 구멍이 뚫리자 발광을 하듯 온몸을 뒤틀었지만 순식간에 놈에게 이동한 검은 뱀은 두 턱을 있는 대로 벌려서 놈을 순식간에 삼켜 버렸다.

'침에 마나 혹은 마기를 담았군.'

독이 함유되었는지 여부는 알 수 없었지만 검은 뱀이 뱉은 침의 속도는 엄청났다.

엘프족이 쏜 화살과 맞먹을 정도로 빨랐기 때문이다.

게다가 침이 두꺼운 두개골을 관통한 것을 보면 그 안에 담긴 힘이 어느 정도인지 짐작할 수 있었다.

'이놈들부터 처리해야겠네.'

던전을 공략한 보상을 받으려면 던전 안이 아니라 밖에서 소환을 해서 입장을 해야만 했기에 아니테라의 전사들을 소환하려면 반드시 검은 뱀들부터 잡아 죽여야만 했다.

검은 뱀들을 바라보는 가온의 눈빛이 스산해졌다.

던전 주위에 포진한 검은 뱀들을 처리하기 전에 할 일이 있었다.

휘이익.

투명 날개를 장착한 가온이 한 줄기 바람이 되어 던전으로 들어갔다.

쉭! 쉬익! 쉭! 쉬익!

게이트의 파장이 흔들리는 것을 느낀 일부 뱀들이 혀를 날름거렸지만 희미한 인간의 냄새를 맡았을 뿐 별다른 감각은 느낄 수 없었다.

무사히 던전에 진입한 가온의 입이 떡 벌어졌다.

'마계인가?'

놀랍게도 던전 안의 공간은 말로만 들었던 마계와 비슷했다.

마기의 영향을 받아서 진황색이거나 검붉은 풀과 가지가 비틀어져서 기묘하고 불길하게 보이는 나무들밖에 없고, 그

마저도 간간이 보일 뿐이고 검게 죽어 버린 황량한 땅이 더 많았다.

거기에 흙먼지를 끌어 올리며 빠르고 난폭하게 부는 사나운 바람은 이 공간을 더욱 을씨년스럽게 만들었고, 던전 안을 가득 채운 농후한 마기로 인해서 햇빛마저 제대로 비치지 않아서 흐릿하게 보여 무척 기분이 나빴다.

그런 곳이었으니 한 번도 가 본 적은 없지만 가온이 마계를 떠올린 것이다.

이곳이 마계의 일부이든 아니든 던전의 공간은 엄청나게 넓었다.

하지만 가온은 곧 이곳에 신경을 쓸 수가 없었다.

농후한 마기를 함유한 공기를 들여 마시자 체내로 들어온 마기를 감지한 체내의 양기가 돌연 나타나더니 마기를 끌어들여서 저절로 음양신공이 운용되기 시작했다.

'일단 마기는 걱정할 필요가 없군.'

다행하게도 던전 밖과 달리 안쪽에는 독기를 감지할 수 없었다.

'일단 뭐가 있는지 한번 찾아보자.'

가온은 다시 날아올라 높은 상공에서 던전 전체를 훑어보았다.

'나막트 습지의 절반 정도는 되겠군.'

높은 산은 없지만 언덕들과 검푸른 색깔의 호수 몇 개가 있었고 까만 물이 흐르는 강도 있었다. 그리고 불길해 보이는 검붉은색의 잎을 가진 나무들로 이루어진 작은 숲들과 진황색으로 보이는 풀밭들도 꽤 있었다.

게이트 쪽과 달리 숲과 풀밭에는 꽤 많은 동물들이 보였는데 외형이 이상해서 마수로 보였다.

황소와 비슷한 몸집에 구부러지고 날카로운 뿔에 검은 가죽을 가진 염소와 같은 마수부터 시작해서, 다 자란 개처럼 큰 몸집에 날카로운 이빨을 가진 토끼와 비슷한 마수들까지 종류도 아주 다양했다.

특히 오우거와 비슷한 거대한 체구에 뿔 두 개가 돋아난 안면부가 영락없이 황소처럼 보이는 놈들은 지능이 꽤 높은지 무리를 지어서 금속으로 보이는 무기를 사용해서 마수를 사냥하고 있었는데, 생각보다 개체수가 꽤 많았다.

또한 오크처럼 보이지만 체구가 훨씬 더 크고 안면부가 더 흉악한 놈들도 꽤 큰 무리를 이루고 있었는데, 다른 무리와도 격렬하게 싸우는 것을 보면 사냥감이 많지 않은 것 같았다.

두루 살펴봐도 재배하는 것으로 보이는 곡물은 보이지 않았다.

이곳에 사는 마수나 몬스터 들은 곡물을 아예 먹지 않는 것 같았다.

적당한 고도로 날면서 던전 전체를 정찰해 본 결과 지성체가 살 것 같은 장소가 두 군데 있었다.

한 곳은 던전 중앙에 있는 폭이 좁고 길이가 긴 숲이었다.

숲을 구성하는 나무는 진녹색 잎이 무성한 것으로 보아 살아 있는 것 같은데 가지가 심하게 구부러져 있고 잎에 생기가 별로 느껴지지 않았지만, 수고(樹高)가 100미터에 이를 정도로 거목들이었다.

그리고 그 거목의 가지 위에는 오두막과 같은 목조건물 수백 채가 있어 인간과 비슷한 지성체가 사는 것으로 보였다.

다른 한 곳은 서북쪽에 있는 거대한 언덕의 한 사면이었는데 도시와 같은 인공 구조물은 보이지 않았지만 마치 벌집처럼 많은 구멍이 나 있었는데, 바로 아래쪽에 작은 강이 흐르고 있어서 인간이라면 반드시 자리를 잡을 위치였다.

중앙의 숲과 서북쪽의 언덕 사이에는 크고 작은 호수들이 위치하고 있었는데 그 때문인지 다른 마수나 몬스터는 보이지 않았다.

가온은 먼저 서북쪽의 언덕을 향해 빠르게 날아 내려갔다.

숲이나 초지가 거의 보이지 않는 황량한 그곳은 던전 전체에서 가장 마기가 짙어서 그곳에 마족들이 있을 것 같았다.

하늘에서는 벌집처럼 보인 동굴은 크기가 상당히 컸다.

높이가 대략 4미터에 폭도 3미터는 되는 것 같았는데 숫자
가 거의 1천 개는 되는 것 같았다.

그런데 벌집처럼 많은 동굴이 뚫린 거대한 언덕의 아래쪽
을 흐르는 강가에 군데군데 포진한 자들이 있었다.

'마족이다!'

마족 특유의 뿔도 그렇지만 흰자위가 거의 보이지 않는 검
은 눈도 그렇고 몸에서 발산되는 마기가 그 사실을 알려 주
고 있었다.

그의 예상대로 이 던전에는 마족이 있었다.

대여섯 명씩 무리를 이루어서 100여 미터 간격으로 포진
하고 있는 마족들은 금속제 방어구를 착용하고 있었는데, 키
나 몸집은 제각각이었지만 하나같이 흉악한 얼굴에 살벌한
분위기를 풍기고 있었다.

안면부는 인간과 유사하거나 소나 염소의 얼굴 등 다양했
지만, 공통적으로 강한 힘이 느껴지는 근육질 몸매에 머리에
뿔이 돋은 것이 특징이었다.

뿔의 경우 구부러지고 끝부분이 아주 뾰족했는데 묘한 힘
이 느껴져서 단순한 뿔은 절대로 아니었다.

'경계 태세로 보아 가끔 이곳에 침입하는 놈들도 있는 것
같네.'

삼엄하다고 할 정도는 아니지만 경계를 서는 마족들은 대
화도 없이 자신이 맡은 방향을 노려보고 있었는데 전체적으

로 놈들의 시선은 던전의 중앙 쪽이었다.

'혹시 던전 중앙에 있는 커다란 숲에 있는 생물체가 마족들의 적일까?'

그게 맞는다면 마족과 그쪽은 서로 적대하는 사이가 분명했다. 그리고 종종 이곳까지 쳐들어왔을 것이다.

그렇지 않다면 이렇게 긴장한 얼굴로 경계를 하지 않을 테니 말이다.

언덕이 시작되는 지점에 착륙한 가온은 투명 날개를 착용한 상태라 마족들의 눈에 보일 리는 없지만 혹시 몰라서 마기를 몸에 두르고 가장 아래쪽에 있는 거대한 동굴로 들어갔다.

폭이 거의 20미터에 높이도 10미터가 훨씬 넘는 동굴의 입구 양옆에도 마족이 있기는 했지만, 동굴을 지키는 것은 아닌지 퍼질러져서 졸고 있었다.

'호오! 오행마에 비교할 정도는 아니지만 그래도 꽤 강해 보이네.'

머리에 하나는 크고 하나는 작지만 바깥쪽으로 구부러진 회색 뿔 두 개가 돋은 것이나 방만한 자세를 취하고 있음에도 살기와 함께 마기가 자연스럽게 발산되는 것으로 봐서는 신분이 꽤 높은 놈들 같았다.

가온은 내심 긴장한 상태로 무음보를 펼쳐 동굴에 접근해서 안으로 들어갔다.

두 놈은 졸음이 가득한 눈을 가끔 뜨기는 했지만 은은하게 마기를 방출하고 있는 그의 움직임을 전혀 감지하지 못했다.

동굴 안은 생각보다 밝았다. 벽과 천장에 발광석과 비슷하지만 조도가 훨씬 높은 돌이 박혀 있었다.

50미터 정도 들어가자 확 터진 공간이 나타났다. 크기는 작았지만 예전에 들렀던 여우성의 1층에 있던 실내 광장과 비슷했다.

다른 점은 이 광장은 직경이 대략 50미터 정도에 불과하다는 것과 꽤 많은 마족이 오가고 있다는 것이다.

'시장?'

도축을 했거나 하지 않은 짐승의 사체나 고기를 올려 두거나 과일, 광석, 가구, 가죽, 옷, 그리고 무기 종류가 놓인 좌판 수십 개가 보였고 마족들이 그 앞에서 흥정을 하고 있었다.

'마족도 사람이구나.'

들은 얘기도 그렇지만 자신이 경험한 마족들은 살기가 강하고 포악한 성정을 가져서 싸우고 상대를 죽이는 것이 일상인 족속이다.

그런데 지금 보통 인간들처럼 시장에 나와서 물건을 흥정하는 모습을 보니 그런 편견이 부서졌다. 마족들 역시 인간처럼 먹고 입고 생각하는 존재였다.

하지만 그의 생각이 바뀌는 데는 오래 걸리지 않았다.

호기심에 마족들이 흥정을 하는 곳으로 이동하던 가온의 귀에 치가 떨리는 대화가 들렸다.

"이 인간의 다리는 맛이 없어 보이는데 무슨 140마단이야! 100마단이면 사지!"

제법 나이를 먹은 것 같은 뚱뚱한 마족 암컷이 뼈째로 잘린 고깃덩어리를 팔고 있는 마족에게 제안을 했다.

"괜한 소리 할 거면 가라고! 네 살밖에 안 되는 인간 암컷의 허벅지라고. 살은 부드러워서 입안에 넣으면 녹아 버리는 것 같고 뼈도 연약해서 씹어서 먹을 수 있다고! 원래 160마단은 받아야 하는데, 곧 전사들이 정천에서의 수련이 끝나면 바깥으로 나가기로 했으니, 그동안 사육하고 있던 것들을 모조리 치우려고 싸게 파는 거라고."

"제기랄! 좋아! 110마단으로 하자고."

"마단이 그것밖에 없다면 이쪽은 어때? 나이는 좀 많은 인간 수컷의 허벅지 부위인데 좀 질기기는 하지만 먹을 만하다고. 아까부터 인간 고기에서 눈을 떼지 못하는 것을 보면 당신도 맛을 아는 것 같은데, 인간의 고기는 질기고 독이 있는 마수 고기와는 차원이 다르다고."

"그럼 그걸로 100마단! 그대가 말한 것처럼 우리의 주인인 파르펨 남작께서 곧 정석의 힘을 흡수해서 백작급으로 오르는 대로 다크엘프족을 다 잡아 죽인 후에 곧 이곳을 나간다고 했소. 그럼 사냥할 인간이 지천일 것이오."

인간의 신체를 잘라서 팔고 사는 마족들의 대화를 들으면서 가온은 화가 머리끝까지 치밀어 올랐다.

이곳에서는 인간을 돼지나 소처럼 사육해서 식용으로 처리하고 있었다.

역시 마족은 인간을 가축으로 생각하고 있었다.

그나마 다행한 것은 아직 던전 밖으로 나가서 인간을 잡아오지는 않았다는 사실이다.

마음 같아서는 모두 잡아 죽이고 싶었지만 아직 이곳 상황을 다 파악한 것이 아니라서 분기를 애써 가라앉힌 가온은 대화의 내용을 가만히 되씹었다.

'아직 던전을 벗어난 마족은 없다는 거네.'

그건 다행한 일이다.

게다가 이곳에 있는 마족들에게는 다크엘프족이라는 적이 있으니 아직 시간이 있었다.

광장의 한쪽, 즉 위로 올라가는 계단이 있는 세 곳에 서 있는 마족 전사들을 볼 수 있었다.

'오!'

오행마보다는 약해 보였지만 기세나 투기로 보아 꽤 실력이 출중한 것으로 보이는 마족이 세 곳에 각기 한 명씩 있었는데, 한눈에도 질기고 두꺼워 보이는 가죽 방어구를 입었고 끝부분에 칼날이 달린 창을 쥐고 있었다.

들은 얘기가 사실이라면 머리 양쪽에 완벽한 뿔 두 개가 있는 세 마족은 꽤 강한 실력을 가지고 있을 것이다.

일전에 오행 던전에 해치운 오행마들도 완전한 뿔 두 개를 가지고 있었다.

물론 제대로 싸워 보기도 전에 가온이 던진 단검에 부러지고 말았지만 말이다.

가온은 일일이 둘러볼 생각을 포기하고 한쪽으로 자리를 옮겨서 청력을 높여 마족들의 대화를 경청했다.

거의 30분에 걸쳐서 이곳에 있는 마족들의 대화를 들은 가온은 꽤 많은 정보를 건질 수 있었다.

일단 마족들은 자신들이 살아오던 땅이 다른 차원과 융합되었다는 사실을 알고 있었다. 그리고 바깥에는 인간들이 살고 있다는 사실 역시 알고 있었다.

두 번째로는 이곳에 있는 마족은 5천여 명으로 절반 이상은 성년을 넘겨서 남녀를 불문하고 전투 능력을 가지고 있으며 이곳의 주인인 파르펨이라는 남작 계급의 마족은 여성체라는 사실이다.

세 번째로는, 파르펨 남작과 일부 전사들이 차원석에서 마기를 흡수한 후 오랜 원수인 다크엘프족을 공격해서 없앤 후에 이곳을 빠져나갈 계획이라는 정보였다. 그것도 숫자 미상의 마물을 앞세워서 말이다.

거기에 마족이 짙은 마기가 느껴지는 마단(魔丹)이라고 부르는 동전 크기의 물체를 화폐로 사용하는 것으로 보아서 예상과 달리 사유 재산이 인정되는 문화를 가지고 있다는 점도 알 수 있었는데, 정체는 알 수 없었다.

하지만 여전히 모르는 것투성이다. 마족의 전투력이나 이곳의 주인이라는 파르펨이라는 마족의 무위가 가장 궁금했지만 알 길이 없었다.

게다가 던전을 나가기 전에 왜 다크엘프족을 공격하려는 것인지도 모르겠다. 던전은 넓고 마족은 이곳에만 자리를 잡고 있어서 던전을 빠져나가려면 다른 길을 선택하면 그만이기 때문이다.

그렇게 짧게 몇 가지 정보를 취득한 가온은 굳이 내부를 더 정탐을 하지 않고 자리를 벗어나기로 했다. 굳이 풀을 건드려서 뱀을 놀라게 할 필요는 없었다.

'이번에는 다크엘프족을 찾아가 보자.'

아까 다크엘프족이 하계라는 곳에서 올라왔다고 했는데, 무슨 의미인지 확인을 해 보고 싶었다. 그럼 이곳이 마계인지 아닌지도 알 수 있을 것이다.

다크엘프족이 거주하는 숲은 겉보기에는 말라 죽은 것 같지만 생각 외로 정상적으로 자라는 거목들이 가득했다.

나무가 꼭 죽은 것처럼 보이는 것은 마기의 영향 때문일 것이다.

가온이 막 숲의 중심부에 있는 나무 꼭대기로 내려앉으려고 했을 때 발에서 미묘한 느낌이 전해졌다. 뭔가 그의 발을 튕겨 내고 있었다.

'결계?'

눈에 보이지는 않지만 숲 전체를 감싸고 있는 막이 있는 모양이다.

그리고 막은 보호막이 아니라 뭔가 접근하는 물체를 감지하는 용이었다.

어지간한 실력자의 경우 마음만 먹으면 쉽게 찢거나 부술 수 있을 것 같았다.

그 사실을 깨달은 순간 가온은 순간적으로 발바닥 중앙의 마나 포인트로 마나를 보낸 후 압축을 시킨 후 폭발을 시키는 방식으로 하늘 높이 날아올랐다. 그리고 심안을 발동해서 아래쪽을 살폈다.

진짜 막이 있었다. 반원형의 거대하고 투명한 막이 숲 전체를 감싸고 있었던 것이다.

순식간에 숲에서 100미터 상공까지 올라간 가온이 체공비행을 할 때, 아까 발을 디디려고 했던 나무 꼭대기에 흑갈색 피부의 큰 키에 마른 체구, 균형 잡힌 이목구비, 그리고 뾰족한 귀 등 신체 특성이 영락없이 엘프인 유사 인간 두 명이 나타났다.

'저들이 다크엘프로군.'

움직이기 편하도록 몸에 밀착된 가죽 방어구를 입은 그들은 화살을 시위에 건 활을 소지하고 있었고 긴 흑갈색 머리를 삼단으로 묶어 뒤로 넘겼다.

'엄청나게 민첩하네.'

숲이라서 그런지는 모르겠지만 가느다란 나무 꼭대기에서 전혀 흔들리지 않는 모습이나 시선을 위로 둔 채 이웃한 나무 꼭대기로 이동하는 모습이 너무 자연스럽고 빨랐다.

잠시 매서운 눈길로 주위를 살피던 두 다크엘프 전사는 날아가던 새가 보호막에 부딪힌 것이라고 생각했는지 다시 나무를 내려가기 시작했는데 움직임이 굉장히 날렵하고 빨랐다.

'흐음. 다크엘프족의 사정을 좀 알아보려고 했는데 곤란해졌군.'

상황을 파악하려면 내부로 잠입을 해야 했다. 그래서 혹시 모르는 입구를 찾으려고 숲 전체를 이리저리 살펴보고 있을 때였다.

숲 전체를 두른 막을 뚫고 작은 인영 두 개가 나타났다.

가온은 바로 그쪽으로 날아갔다.

'다크 엘프가 어떤 면에서는 인간과 더 비슷한 것 같네.'

모습을 드러낸 다크엘프는 1남 1녀로 남자는 후리후리하고 늠름한 청년이었고, 여자는 엘프치고는 풍만하다고 할 정도로 뛰어난 몸매와 왼쪽 눈 아래에 찍힌 눈물점이 아주 인상적인 미인이었다.

하지만 외모만 보고 엘프의 나이를 추정하는 건 무리다.

'엘프는 나이를 모르겠어.'

엘프족은 노화가 느리고 급격히 찾아온다. 그래서 노년기까지는 거의 비슷한 외모를 유지해서 나이를 추정하기가 힘들었다.

다만 두 엘프의 몸에서 아무런 기세도 흘러나오지 않는 것으로 봐서는 최소한 소드 마스터 중급 이상의 실력을 가지고 있는 것 같았다.

결계를 뚫고 나온 두 다크엘프는 멀리 벗어나지 않고 근처에 있는 말라서 죽은 거대한 나무 근처에 서서 대화를 나누었다.

가온은 그들과 수십 미터 떨어진 바위 뒤편에 내려앉아서 청력을 높였다.

"마르셀, 내가 이미 살펴봤어. 이 주위에 남은 건 마물이 아니면 말라비틀어진 풀뿌리밖에 없다고."

"그래도 애들이 굶고 있는데 일족을 이끄는 전사로서 어떻게 보고만 있을 수 있겠어요. 어른들은 중독을 감수하고 독성이 가진 마물 고기를 먹는다고 해도 아이들은 그런 것을 먹을 수 없잖아요. 그래도 혹시 모르니까 오늘은 멀리 나가봐요."

대화로 보아 다크엘프족의 수장들인 것 같았다.

먹을 것을 찾으러 밖으로 나온 것 같은데 단둘밖에 없어서 좀 이상하다는 생각이 들었다.

'설마 보호막의 이상 때문에 날 찾으러 나온 건 아니겠지?'

숲 밖의 상황을 누구보다 잘 알고 있을 다크엘프족 수뇌가 굳이 이런 때 밖으로 나와서 저런 얘기를 하는 건 좀 이상했다.

"내가 어제 전사들과 함께 나갔다 왔잖아. 소용없다니까. 벌써 마물들이 다 쓸어 가 버렸어."

그렇게 말하는 남자 엘프의 목소리에는 안타까움과 분노가 가득했다.

"게다가 우리가 멀리 나간 사이에 주위를 포위하고 있는 마물 군단과 마족들이 숲을 침입하기라도 하면 배를 곯고 있는 전사들로서는 결계를 오래 유지할 수 없을 거야. 우리 위치를 자각하라고."

"어차피 이 공간의 입구는 마물 군단에 막혀서 밖으로도 나갈 수 없고, 언제 마족이 쳐들어올지도 알 수 없는 상황이에요. 일족의 태반이 죽어 나가더라도 나가야만 해요."

숲 경계를 따라 흐르는 강이 마천인 모양인데 그 너머에 있는 놈들이 소위 마물인 것 같았다.

"하지만 바깥 환경이 어떤 줄 알고? 마족들도 안 나가고 있어!"

"마족들이야 정석호(精石湖)를 만들어서 마기를 흡수할 의도로 남은 거지만, 우리는 달라요. 만약 놈들의 시도가 성공

한다면 우리는 숲에 갇혀서 마냥 시간만 보내다가 강해진 마
족 놈들에게 죽임을 당할 수밖에 없다고요!"

"세계수가 말하길 마족이 떠나고 나서 움직이면 된다고 했
잖아. 조금 더 기다려 보자. 그리고 마족들이 계획한 대로 정
석호에서 마기를 흡수한다고 해도 단기간에 강해지기는 힘
들어. 어차피 놈들 역시 식량이 필요하니 오래 머무르지는
않을 거야."

"세계수만 믿을 수가 없는 상황이에요. 이미 마기에 오염
되기 시작한 지 오래라서 더 이상 열매도 맺지 못하고, 심지
어 시름시름 죽어 가는 상황이라고요. 세계수를 위해서라도
이곳을 빨리 떠나야 해요!"

"하지만 밖이 어떤 세상인 줄 알고! 이전에 살던 세상에서
도 우리가 머물 수 있는 곳은 거의 없었어. 우리 결정에 5천
에 달하는 일족의 생명이 달려 있다는 것을 명심해!"

대화를 듣던 가온은 다크엘프족의 수장인 둘이 일족의 명
운을 두고 상반된 생각을 가지고 있음을 알 수 있었다.

"나는 움직일 생각이에요! 벌써 수백 번 이상 얘기를 해
봤지만 서로의 주장이 팽팽하기만 하니 이쯤에서 결론을 내
려요."

"어떻게 말이야?"

"자신의 생각이 맞는다고 생각하기에 합의가 이루어지지
않는 거잖아요. 나는 내 의견을 지지하고 동조하는 이들을

데리고 떠날게요. 달렌은 이곳에 남아서 세계수와 함께 숲을 지켰다가 안전해지면 나중에 나가요."

"하아! 너무 답답하군. 지금까진 그래도 우리 전력이 마족 측보다 강해서 숲이라도 지킬 수 있었지만 나눠지면 둘 다 위험해진다는 사실을 왜 몰라?"

"그러니까 나가자고요!"

"안 된다고 했잖아! 개죽음이라고!"

아무래도 두 엘프는 의견 차이를 영원히 좁힐 수 없을 것 같았다.

'엘프의 고집은 알아주지.'

드워프도 마찬가지지만 엘프 또한 고집이 장난이 아니다. 시대나 환경이 변해도 조상들의 삶의 방식을 고수하는 것도 그렇고 인구가 격감하고 있음에도 순혈주의를 고집하기 때문이다.

그래도 마르셀이라는 여인은 엘프족치고는 무척 드물게 생각이 열린 것 같았다.

'상대가 보기에는 무모한 성격을 가진 거라고 생각할 수도 있겠군.'

더 이상 두 사람의 언쟁을 듣고 있을 수는 없기에 움직이기로 했다.

'수상쩍은 구석이 없는 건 아니지만 친구가 될 수 있을지도 모르니 일단 시도는 해 봐야지.'

엘프족은 인간과의 교류를 심하게 꺼리는 강한 배타성을 가지고 있어서 이들이 자신을 어떻게 받아들일지 모르겠지만 일단 이곳에 대해서 궁금한 점이 너무 많아서 지켜보고만 있을 수가 없었다.

마족의 계획

생각을 정리한 가온이 바위 뒤에서 일어났다. 물론 투명 날개는 거둔 상태였다.

"헉!"

이제야 그의 기척을 감지한 두 다크엘프가 경호성을 지르며 전광석화처럼 등에 차고 있던 활을 내려 시위를 당겼는데, 놀랍게도 마나로 이루어진 화살이 걸려 있었다.

'자연스럽게 기세를 숨기는 것도 그렇고 이렇게 빨리 오러 애로를 만드는 것만 봐도 소드 마스터 중급 이상이 확실하군.'

마나로 화살을 만들어서 사용하려면 소드 마스터는 되어야만 했는데 이렇게 짧은 시간에 만든 것을 보면 중급을 넘긴 것은 확실했다.

"잠깐!"

가온은 자신을 발견한 직후 강력한 기세를 발산하면서 바로 시위를 놓으려는 두 엘프가 행동하기 전에 자신 역시 기세를 방출하면서 외쳤다.

"할 말이 있소!"

"누구냐?"

후리후리한 남자 엘프가 물었는데 가온이 방출한 기세에 놀랐는지 동공이 잘게 흔들렸다.

"나는 밖에서 들어온 온 훈이라는 전사입니다."

"밖? 정말인가?"

"바보! 이 공간이 격리되기 이전부터 우리와 마족의 영역을 이렇게 자유롭게 돌아다니는 인간은 없었어!"

마르셀이라는 여자 엘프가 동료를 가볍게 책망하더니 먼저 시위를 천천히 제자리에 놓았다.

"가만! 인간이 어떻게 우리 말을 구사하는 거죠?"

"우리 세상에도 엘프들은 많습니다. 그리고 난 한동안 엘프 마을에서 지낸 적이 있었습니다."

차원 용병의 특별한 능력 덕분에 변명하기가 편했다.

"신기한 일이네요. 나는 마르셀이라고 해요. 보시다시피 다크엘프지요. 바깥세상에 우리와 같은 종족이 살고 있을 줄은 몰랐어요."

"엘프는 있지만 당신들과 같은 다크엘프는 아직 못 봤습니다. 워낙 세상이 넓고 인간의 발이 닿지 않은 곳이 많으니 없다고 단정할 수는 없지만요."

"나는 달렌이라고 합니다. 그럼 환경은 어떻습니까? 곡식은 잘 자랍니까? 가축도 키울 수 있고요?"

"환경이라……. 좋을 수도 나쁠 수도 있습니다."

가온은 일단 던전 밖의 세상에 대해서 대충 설명을 해 주었다.

"마수와 몬스터가 들끓어서 좁은 시티에 갇혀서 사는 삶이라니, 바깥의 삶도 만만하지 않네."

"그래도 일단 시티 안으로 들어가면 최소한 먹을 것을 걱정하지 않고 살 수 있다잖아요."

달렌은 이맛살을 찌푸렸고 마르셀은 긍정적인 반응을 보였다.

"하지만 문제가 있습니다. 우리는 이런 공간을 던전이라고 부르는데, 이 던전은 작은 섬에 있고 그 주위는 짙은 독기를 품고 있어 수없이 많은 종류의 흡혈충과 독충 들이 서식하는 거대한 습지입니다. 날개가 없다면 배를 이용해야만 하는데 그마저도 습지에 서식하는 대형 수생 마수들이 많아서 무척 위험하지요."

"으음. 그래서 마족들이 빨리 나가지 않았던 건가?"

"이곳에도 나무가 없는 것은 아니니 배는 몰라도 뗏목은 만들어서 나갈 수 있을 거예요. 그리고 수생 마수야 어떻게 해서든 처리할 수 있을 것 같은데 문제는 독기와 독충이겠네요."

가온이 바깥 상황을 말해 주자 마르셀은 금방 나갈 생각을 했고 달렌은 보다 신중한 반응을 보였다.

"그런데 이곳을 던전이라고 부르며 이곳에 있는 정석을 부수는 것이 목적이라고 했는데, 혹시 함께 온 일행이 더 있습니까?"

"던전 밖에서 대기하고 있습니다."

가온의 말에 두 사람은 서로의 눈을 쳐다보며 작게 고개를 끄덕였다.

"두 분은 정석이 어디에 있는지 아십니까? 제 예상으로는 마족의 수중에 있을 것 같은데요."

"맞아요. 궁금한 게 더 있는데 얘기를 좀 더 들어 볼 수 있을까요?"

이곳에 갇혀 있는 다크엘프족의 입장에서 보면 간략한 설명만으로 부족하게 여겨지는 것은 당연했기에 가온은 고개를 끄덕였다.

시간은 좀 걸리겠지만 이곳에 대한 정보는 훨씬 더 중요했다.

"그런데 먹을 게 좀 있습니까?"

달렌이라는 남자 다크엘프가 기대감이 가득한 얼굴로 조

심스럽게 물었다.

"이곳에선 제대로 된 음식을 구할 수가 없어서요."

외부에서 들어왔으니 식량을 가지고 있을 거라고 확신한 모양인데, 어지간히 배를 곯은 것 같았다.

"당연히 있습니다. 그러고 보니 저도 배가 고픈데 식사를 하면서 마저 얘기를 나누도록 하지요."

가온에게 음식이 있다는 말에 두 다크 엘프의 얼굴에 비로소 웃음기가 떠올랐다.

숲에서 좀 떨어진 곳에서 모닥불 연기가 모락모락 올라오고 있었다.

"우와! 이 고기, 정말 맛이 죽이네! 입안에서 살살 녹아!"

"소스가 참 대단한 것 같아요. 맛과 향은 물론 풍미까지 높여 주는 것 같아요."

두 다크 엘프는 모닥불가에 꽂아서 익힌 꼬치가 뜨겁지도 않은지 입가에 기름기가 묻은 것도 아랑곳하지 않고 게걸스럽게 고기를 뜯어 먹었다.

아니테라에도 엘프가 있기에 그들이 채소와 과일만 먹고 살 것 같은 이미지와는 다르게 육식을 즐긴다는 사실도 잘 알고 있었지만, 멀쩡하게, 아니 잘생기고 예쁜 두 엘프가 고기를 허겁지겁 먹는 모습은 상당히 이질적이라는 생각이 들었다.

가온은 꼬치 하나를 먹었을 뿐인데 두 사람은 각각 다섯 개를 순식간에 해치웠다.

"잘 먹었습니다. 우리가 살던 공간이 격리된 후로 제대로 조리한 고기는 처음 먹어 봅니다."

"저도요. 고기 사이에 끼운 야채가 약간 매고 아린 맛이 있었지만 달콤한 맛도 있어서 아주 좋았어요."

하지만 포만감을 즐기던 두 엘프의 얼굴은 잠시 후 급속하게 우울해졌다.

"정말 부끄럽네. 먹을 것에 정신이 팔려 지금도 배를 곯고 있는 일족을 생각하지 못했어."

"나도 그래요."

"다크엘프족의 인구가 얼마나 됩니까?"

두 엘프가 먹을 것에 정신이 팔린 자신들을 책망하는 모습을 지켜보던 가온이 조심스럽게 물었다.

"5천 정도입니다."

둘의 대화에도 잠깐 언급이 되었지만 그리 많은 숫자는 아니다.

"아무래도 마족이 우리 거주지와 멀지 않은 곳에 자리를 잡은 후부터 계속 전쟁을 해 와서 인구가 늘어나지 않네요. 그래서 인구 중 절반은 아직 성년이 되지 않았고, 나머지 절반은 은퇴한 전사들과 아직 자녀 양육에 신경을 써야 할 여인들이에요."

그렇다면 전사는 대략 2천 명 정도라는 얘기인데 여인들도 유사시에는 전투가 가능했다.

"마족의 전력은 어떻습니까?"

먼저 잠입해서 대충 살펴본 마족 거주지에는 마족이 그리 많지 않았다.

"대략 3천 정도입니다. 전사는 우리의 절반 정도고요."

"그럼 귀측의 전력이 더 높은 거 아닙니까?"

"그렇긴 하지만 마족이 부리는 마물이 문제예요. 최소한으로 잡아도 5만이 넘거든요. 원래부터 마수가 아니라 마족이 마기를 이용해서 마화를 시켰기 때문에 두려움이나 통증을 전혀 느끼지 못해서 상대하기가 아주 곤란해요. 마족들은 그런 마물 사이에 숨어 있다가 기습을 하는 식으로 우리를 괴롭혀 왔어요."

역시 마물이 문제인 것 같은데 가온에게는 별걱정이 되지 않았다.

상대가 두려움도, 고통도 모르는 존재라면 이쪽에서는 이미 죽음을 맞이한 언데드를 내놓으면 되니 말이다.

"그런데 실례가 되는 얘기지만 궁금한 게 더 있습니다."

"뭐든 물어보십시오."

배불리 먹여 준 것만으로도 일단 달렌은 어느 정도 마음을 연 것 같았다.

"사실 두 분의 대화를 잠깐 들었습니다. 마족들이 정석호를 만들어서 마기를 흡수할 의도라는 부분이 자꾸 생각이 나서요."

정석호라는 단어는 마족들의 대화에서도 들었지만 그때는 다른 내용이 너무 충격적이라서 신경을 쓰지 못했는데 두 엘프가 다시 언급하자 생각난 것이다.

"정석호는 정석이 방출한 마기를 함유하고 있는 물로 이루어진 호수입니다."

"사실 정석호 때문에 제가 빨리 이곳을 빠져나가자고 달렌을 설득했어요."

"정석이 마기를 방출한다고요?"

아이테르 차원의 그 어떤 능력자도 하지 못한, 차원석의 힘을 끌어내는 방법을 마족이 알고 있다는 얘기이니 놀랄 수밖에 없었다.

"맞아요. 마족들이 발동한 특별한 결계진은 마기를 흡수해서 정석을 자극함으로써 정석이 품고 있는 마기를 방출할 수 있다고 했어요. 사실 마족들이 정석호를 만든다는 말을 듣고 코웃음을 쳤는데 진짜 가능한 것 같아서 크게 놀랐어요."

"마족이 정석호에서 마기를 흡수하면 전력이 급상승하게 될 테지만 쉬운 일은 아닙니다. 우리도 나름 대비를 하고 있습니다."

"마족이 정석호로 만들 예정인 호수의 한쪽 끝은 우리 영역과 닿아 있거든요."

아까 던전을 둘러볼 때 양측 거주지의 중간에 있던 작고 길쭉한 모양의 호수가 바로 정석호인 모양이다.

"대비요?"

"정령을 이용한 결계를 펼쳐서 마족들이 정석에서 마기를 방출하지 못하도록 방해하는 겁니다. 다만 아주 중요한 문제가 하나 있습니다."

"무슨 문제요?"

"혹시 선력이라는 단어를 들어 봤습니까?"

가온은 달렌이 말하는 선력이 영력을 의미하는 것 같았지만 왠지 모를 찜찜한 기분에 고개를 저었다.

"그럼 바깥세상에서는 주로 어떤 에너지를 사용합니까?"

"마법사들은 마력이라는 에너지를 사용하고 나와 같은 전사들은 마나라는 이름의 에너지를 사용합니다. 이런 것이지요."

가온은 주먹에 마나를 주입해서 오러를 방출했다. 굳이 오러 피스트를 구현할 필요가 없어서 권기 정도만 보여 주었다.

두 사람은 주먹을 두르고 있는 권기를 보더니 눈을 빛냈다.

"오오! 대전사장급이네요!"

"온 훈과 같은 전사들이 바깥세상에 많습니까?"

마르셀은 순수하게 놀라는 얼굴이었지만 달렌은 조금 복잡한 얼굴이 되어 물었다.

"그리 많지는 않을 겁니다. 우리 세상은 타이탄이라고 하는 강철 거인을 많이 사용하니까요."

"강철 거인요?"

가온은 흥미를 보이는 두 사람에게 타이탄에 대해서 간략하게 설명을 해 주었다.

"흐음. 짧은 순간 전력을 극대화하는 데는 도움이 되겠지만 지속력 부분이 아쉽네요."

달렌은 마르셀과 같은 의견인지 그녀의 말에 고개를 끄덕였다.

실제로 본 것이 아니고 설명만 들어서는 그다지 감흥이 없는 것 같았다.

"혹시 선력을 쌓아서 선술을 익혀 볼 생각은 없습니까?"

"선력을요?"

갑자기 달렌이 뜬금없이 제안했다.

"사실 마족들이 정석에서 마기를 추출하는 작업을 방해하려면 정령력과 더불어 선력이 필요합니다. 선력이 마기와 상극이기 때문이지요. 그래서 상당한 수준의 선력을 가진 인물이 필요합니다."

"그렇군요. 그런데 왜 제게 그런 말씀을 하신 겁니까?"

설마 이들이 가온에게 선력을 줄 수 있는 능력이 있는 걸까?

"오래전에 우리 일족에게 구함을 받은 인간들이 있었습니다. 당시 마족들과 싸우다가 큰 부상을 입고 우리의 영역으로 들어온 인간들인데, 끝내 죽음을 피하지는 못했지만 정성을 다해서 그들을 치료해 주려고 했었던 우리 일족에게 고마움의 표시로 평생 수련했던 선술과 함께 평생 쌓아 온 선력이 담겨 있는 구슬을 남겼습니다. 그것을 이용한다면 단시간에 선력을 쌓을 수 있을 겁니다."

"그런 게 있다면 진작 사용할 것이지, 왜 제게……?"

"우리도 시험을 해 봤지만 우리 일족은 선력을 체내에 담을 수가 없었습니다. 오랫동안 연구를 해 봤는데 아무래도 우리 일족이 태생적으로 가지고 있는 정령력이 선력을 배척하는 것 같았습니다."

영력일 가능성이 아주 높은 선력이라는 에너지에 그런 특성이 있을 줄은 몰랐지만, 억지로 이해하려면 못할 것도 없었다.

"저는 가능할 것 같다는 말씀이군요?"

"마나라는 에너지는 처음 접하지만 선력과 달리 의식의 힘에 쉽게 반응하지 않는 것으로 보입니다. 그런데도 이 정도로 운용할 수 있다면 선력을 사용하게 되면 실력이 급상승하게 될 겁니다."

이미 마나와 달리 영력의 경우 의식의 힘이 크게 작용한다는 사실을 알고 있던 가온은 달렌이 한눈에 그 사실을 파악한 것에 내심 크게 놀랐다.

'설마 나보다 더 강한 건가?'

처음 두 사람을 접했을 때 심안으로 살펴봤던 달렌의 실력은 소드 마스터 중급 정도였다. 능히 한 일족을 이끌 수 있는 실력자였다.

"제 생각에도 그래요. 선력은 비록 우리가 사용할 수 없는 힘이지만 굉장히 강력한 힘이거든요."

마르셀이 달렌의 말을 거들었는데 가온은 그 순간 아까부터 묘하게 찜찜했던 감정이 증폭되는 것을 느꼈다.

'선력을 쌓을 수도 없다면서 그 사실을 어떻게 확신하는 거지?'

가온은 속으로는 그렇게 생각했지만 겉으로는 고개를 끄덕였다.

"저도 선력이라는 에너지가 궁금하긴 하네요."

만약 가온의 추측대로 선력이 영력이라면 공짜로 영력을 늘리고 더 많은 영술을 익힐 수 있는 절호의 기회였다.

"선력을 쌓을 수 있는지 한번 시험해 보시겠어요?"

"좋습니다!"

마르셀의 제안에 이미 마음을 정한 가온이 고개를 크게 끄덕였다.

가온은 두 다크엘프가 자신을 숲으로 데리고 갈 줄 알았는데 아니었다.

두 사람이 향한 곳은 바로 공중에서 정찰을 할 때 봤던 위아래가 길쭉한 작은 호수의 남쪽 끝부분이었다.

그곳에는 말라서 죽어 가는 것처럼 생긴 3미터 정도의 보기 흉한 나무들로 이루어진 작은 숲이 있었는데, 가까이 접근하자 흑갈색 피부를 가진 다크엘프 전사 100여 명이 달려 나왔다.

'호오! 생각보다 강한데.'

누런 황무지 위를 빠른 속도로 달려왔음에도 불구하고 소음은 물론 흙먼지조차 일어나지 않는 것으로 봐서는 다들 익스퍼트 중급 이상의 강자들로 보였다.

그들은 마르셀과 달렌을 발견하고 손에 쥐고 있던 활과 화살을 내려놓고 인사를 해 왔다.

"별일 없나?"

"마족들은 여전히 결계에 마기를 주입하고 있으며 경계 부분에서 신경전을 벌이는 것을 제외하고는 똑같습니다."

가온을 향해 흉흉한 눈빛을 던졌던 전사가 대답을 했는데 그 눈빛이 마치 독사의 그것 같아서 살짝 소름이 돋았다.

마치 환상인 듯 순식간에 거두었지만 말이다.

"다들 인사해라. 바깥세상에서 오신 귀한 손님이시다."

달렌의 소개에 다크엘프 전사들이 묵례를 하자 가온 역시 묵례로 대응했다.

"안에 숙영지가 있으니 그리로 가시죠."

달렌을 따라 안으로 들어가자 살아 있는 길고 질긴 나뭇가지를 이용해서 만든 집들이 나타나기 시작했다.

그런데 나뭇가지에 검붉은 잎들이 잔뜩 붙어 있어서 죽거나 자른 것은 아닌 것 같았다.

"베켈이라는 나무인데 우리 일족의 동반자인 세계수는 아니지만 우리를 위해서 좋은 보금자리를 내주지요."

가온이 집을 이룬 나뭇가지를 유심히 살펴보자 마르셀이 설명을 해 주었다.

'엘프는 엘프네.'

그런 생각을 했을 때 달렌이 한 집 안으로 들어갔다.

마르셀과 함께 안으로 들어간 가온의 동공이 살짝 흔들렸다. 밖에서 본 것과 달리 내부는 세 배 이상 컸던 것이다.

'공간 확장?'

안을 둘러보는 척하면서 심안을 발동하니 곳곳에 박힌 정령석들 사이를 흐르는 정령력을 감지할 수 있었다.

'엘프의 거처라고 보기에는 정령력이나 생기가 많이 부족

하지만 생각보다 결계술의 수준이 아주 높네.'

스노족도 결계술을 사용하지만 이렇게 공간을 확장하는 정도는 아니었다.

그런데 달렌과 마르셀이 바닥에 붙은 고리 두 개가 있는 쪽으로 향했을 때 가온은 이곳에 들어올 때부터 느꼈던 작은 위화감의 정체를 알 수 있었다.

'미세 마정석?'

결계는 정령석만으로 이뤄진 것이 아니었다.

눈에 보이지 않는 크기의 수많은 미세 마정석이 정령력이 교차하는 선 위에 자리를 잡고 있었는데 놀라운 사실은 마나가 아니라 마기를 방출하고 있다는 것이다.

'다크엘프가 마기를 사용한다고?'

가온의 상식으로도 이해할 수 없지만 짧은 시간 동안 대화를 하면서 마족들에게 강한 적대감을 내보였던 달렌과 마르셀의 태도를 생각해 보면 확실히 이상했다.

'확실히 뭔가 이상하네.'

하지만 내심을 밖으로 드러낼 가온이 아니다. 아까 보였던 모습대로 약간은 어수룩한 모습으로 실내를 둘러보면서 마르셀과 달렌의 행동을 훔쳐봤다.

두 다크엘프가 바닥에 있는 고리에 정령력을 주입해서 동시에 당기자 흙 무더기와 함께 거대한 금속판이 위로 올라왔다.

'비밀 금고와 같은 거군.'

아마 달렌과 마르셀이 동시에 정령력을 주입한 상태로 고리를 당기지 않았다면 아무런 변화도 없었을 것이다.

가온이 그런 생각을 하고 있을 때 두 엘프가 그 안에서 고목(枯木)의 잔재로 만든 것으로 보이는 작은 궤짝 하나를 꺼내더니 다시 금속판을 제자리로 돌려놓았고 이어 대지의 정령이 나타나서 흙을 그 위에 덮었다.

두 엘프는 나무 궤짝을 가온 앞으로 가져온 후 나무 열쇠로 자물쇠를 열었다.

"이게 바로 아까 말씀드린 인간 선술사가 죽기 직전에 남긴 선력구(仙力球)입니다. 선력에 친화력을 가진 존재가 특별한 선력 운용술을 펼치면 선력을 흡수할 수 있다고 합니다."

"선력 운용술은 여기에 담겨 있어요. 친화력이 있는 사람만이 그것을 확인할 수 있고요."

달렌의 설명에 이어 마르셀이 손에 쥐고 있는 푸른 잎사귀를 내밀었다.

'책이 아니라 잎이라고?'

황당했지만 가온은 주저하지 않고 잎사귀를 받아 들었다.

"일단 친화력이 있는지부터 확인해 보지요. 그 잎사귀를 이마에 대 보세요."

가온이 마르셀의 말에 따르자 놀라운 일이 벌어졌다. 이마에 붙은 푸른 잎사귀가 빛을 내면서 일련의 파동이 뇌로 전해진 것이다.

'선술을 이렇게도 전할 수 있는 거구나.'

놀랍게도 가온의 머릿속에는 순식간에 선력 운용술이 전해진 것이다. 지식을 전하는 수단으로는 그 어떤 것보다 뛰어났다.

'창랑 연공술이라……'

루툼 마탑의 전대 탑주인 레겐탈에게 전해 받은 연공술은 이름이 없었다.

'그건 범용 혹은 기본 연공술이라는 의미였나 보네.'

그에 반해서 창랑 연공술은 내용이 훨씬 복잡하면서도 난해했다.

물론 그래 봐야 이미 영술에 대해서 모둔과 함께 연구를 했던 가온에게는 그리 어려운 게 아니었다.

"혹시 뭔가 전해졌나요?"

가온이 고개를 끄덕이자 안 그래도 기대가 가득한 얼굴로 그를 주시하던 달렌과 마르셀이 크게 기뻐했다.

"내용을 이해하실 수 있겠어요?"

"제가 익히고 있는 명상법과 비슷한 부분이 꽤 많군요."

"명상? 아!"

왜 놀라는 건지는 알 수 없지만 마르셀이 경호성을 질렀고 달렌은 눈을 빛내며 무의식중에 고개를 살짝 끄덕였다.

"그럼 이번에는 이 선력구를 손에 쥐고 한번 그 내용대로 연공을 해 보십시오. 온 훈 님이 우리 일족이 대대로 연구를 했지만 제대로 이해할 수 없었던 선력 연공술을 쉽게 이해한 것 같으니 바라는 성과를 얻을 수 있을 것 같네요."

"다 이해한 것은 아니지만 한번 해 보겠습니다."

공짜로 영력을 얻을 수 있는 기회가 왔는데 겸양을 할 가온이 아니다.

선력구를 손에 쥔 가온이 창랑 연공술을 운용하기 시작했다.

이미 영규가 300개 이상 열린 가온이었고 평소에는 거의 잊고 지내지만, 사실 흡정 장갑을 끼고 있었기 때문에 영력을 흡수하는 것은 아주 쉬웠다.

'오오오!'

가온은 표시는 내지 않았지만 속으로는 환호성을 지르고 있었다.

청량하고 농후한 영력이 그야말로 물밀듯이 체내로 들어와서 육체는 물론 머릿속까지 깨끗하게 씻겨 주는 것 같았다.

그러자 자연스럽게 심안이 떠지면서 새로운 영규들이 희미하게 빛을 발했는데, 숫자가 40개가 넘었다. 그만큼 선력구에는 대량의 농밀한 영력이 담겨 있었다.

하지만 가온은 영력을 체내로 흡수해서 안개처럼 퍼트릴 뿐 영규를 뚫으려는 시도는 하지 않았다.

모둔이 말하길 영규를 뚫을 때 신령한 빛이 방출된다고 했기 때문이다.

그렇지만 가온은 엄청난 영력이 체내에 들어오면서 몸 전체가 엷은 푸른색 안개처럼 보이는 영력에 휩싸여 있다는 사실은 미처 알지 못했다.

달렌과 마르셀은 기대는 했지만 외부에서 들어온 인간이 정말로 선력구에서 선력을 흡수하는 모습을 보고 마주 보며 웃었는데 희미하게 음험한 빛이 섞여 있었다.

가온의 집중력은 두 엘프가 감탄할 정도로 대단했다. 1시간이 넘도록 꼼짝도 하지 않고 선력을 흡수한 것이다.

'기록에 기재된 것과 동일한 기운이야.'

달렌과 마르셀은 선력이 다크엘프족에 대를 이어 전해지는 기록처럼 몸에 닿는 것만으로도 영혼이 씻기는 것 같은 청량함이 특징인 에너지라는 사실을 알 수 있었다.

'이제 제대로 된 정석호를 만들 수 있어!'

평범한 호수의 물을 마기가 농후한 물로 바꾸는 계획을 완성하기 위해서는 선력이 필수적이다.

가온만큼이나 집중력을 발휘해서 그를 관찰하던 두 엘프 중 달렌이 어느 순간 마르셀에게 눈짓을 했다.

그리고 마르셀이 알아들은 것처럼 고개를 끄덕이더니 조심스럽게 집을 빠져나갔다가 한참 만에 돌아왔다.

얼마 후 엷은 푸른색 안개에 휩싸여 있는 가온의 손에 들려 있었던 선력구가 외곽부터 가루처럼 사라지기 시작하더니 어느 순간 존재하지 않았던 것처럼 사라져 버렸다.

아직도 눈을 반개한 자세를 취하고 있던 가온은 달렌과 마르셀의 동정을 살피면서 상태창을 열었다.

'헐! 순도 높은 영력이 담겨 있다고 생각은 했지만 영력이 100만이나 늘어나다니 엄청난 보물이었네.'

게다가 이번에도 이유를 모르겠지만 매력도 1천이 늘어났으며 스킬창을 확인해 보자 창랑 연공술이 등록되어 있었다.

'맙소사! 을급이라고?'

선와술과 분신술도 정급에 불과했는데 창랑 연공술은 무려 을급이었다.

갑을병정 순서일 테니 후자가 전자들보다 훨씬 더 등급이 높을 것은 분명했다.

'대체 이 잎사귀를 남긴 분은 누구였던 거야?'

그런 생각을 하고 있을 때 그가 동요하고 있는 것을 알아차린 달렌이 입을 열었다.

"선력을 흡수한 기분은 어떻습니까?"

"더운 여름날, 계곡의 차가운 물에 몸 전체를 담근 것처럼 청량한 기분입니다."

"우리 일족은 수백 년 동안 노력했어도 아무것도 얻지 못했는데 역시 보물을 가지려면 운이 좋아야만 하나 봅니다."

달렌은 진심으로 안타까운 얼굴이었다.

"미안합니다."

"아닙니다. 우리 일족에게는 계륵과 같은 물건이었습니다. 지금처럼 마족의 행사를 방해하는 데 도움이 되는 것만으로도 충분한 가치가 있습니다."

일단 선력을 흡수해 보자고 했던 달렌이 이젠 태도를 바꿔 자신들을 도와서 마족의 행사를 방해하는 데 한 역할을 하라고 은근하게 강요를 했다.

내심 코웃음을 친 가온이지만 겉으로는 고마워서 어쩔 줄 모르는 얼굴을 했다.

"아직 다른 건 모르겠고 정신력을 크게 강화해 주는 특별한 에너지를 얻었으니 당연히 도와야지요."

"그 정신력을 우리는 의식의 힘이라고 부릅니다. 그리고 이건 선물입니다."

달렌은 나무 궤짝에 들어 있던 푸른 잎사귀 다섯 개를 내밀었다.

"아마 선력을 쓰는 기술이 담겨 있을 것 같아요. 그렇게 오래 연구를 했지만 처음 드린 잎사귀가 어떤 운용술을 담고 있다는 정도만 알아냈거든요."

이들이 영력에 대해서 모르고 있는 것이 너무나 다행이다. 안 그랬으면 이런 기연을 얻지 못했을 테니 말이다.

그리고 보니 아까 창랑 연공술이 담겨 있던 푸른 잎사귀가 생각났다. 그래서 이마에 손을 대어 보니 그대로 붙어 있었다.

떼어 보니 푸른색이 엷어지기는 했지만 아직 농후한 영력이 느껴졌다.

적어도 열 번 정도는 더 사용할 수 있을 것 같았다.

"감사합니다. 뭐든 도울 일이 있으면 말씀하십시오."

"하하하. 인연이 닿은 거지요. 그래도 이왕 저희 일족과 좋은 인연을 맺었으니 마족의 행사를 방해하는 데 최선을 다해 주십시오."

"거기에 하나만 더 부탁드릴게요."

"달렌 님의 부탁이야 당연히 들어드리지요. 어떤 부탁입니까?"

"식량이 있으면 조금만 더 부탁드릴 수 있을까요?"

그리고 보니 다크엘프족의 수장으로 보이는 이들도 허겁지겁 꼬치를 먹을 정도로 식량 사정이 좋지 않다는 생각이 들었다.

가온은 혹시 몰라서 비상시에 사용하려고 준비해 둔 아공간 주머니 하나를 꺼냈다.

안에는 1천 명 정도가 일주일 정도를 먹을 수 있는 곡물과 채소 그리고 육류가 들어 있었다.

"이게 제가 가진 식량 전부입니다. 다만 이 주머니를 사용하려면 마나가 필요하니 밖에 나가서 꺼내 드리도록 하지요."

가온은 대답을 듣지 않고 성큼성큼 걸어서 밖으로 나갔고 두 다크엘프는 잔뜩 상기된 얼굴로 뒤를 따랐다. 그리고 얼마 후에 엄청난 환호성이 터져 나왔다.

흡순석과 용체술

가온은 달렌과 마르셀을 따라 차원석이 있으며 현재 마족이 결계를 펼쳐서 마기를 끌어내고 있다는 호수로 향했다.

지금은 북쪽이 안개에 뒤덮여 있지만 마르셀의 말에 따르면 호수는 마치 땅콩처럼 생겨서 남북으로는 길고 가운데 부분은 무척 좁은 형태였는데 남쪽과 북쪽 지역은 폭이 대략 20미터에 길이는 100미터 정도라고 했다.

'정말 마기가 농후하네.'

던전에 퍼져 있는 마기도 농후했지만 이 호수의 마기는 그 열 배는 될 것 같았다.

"안으로 들어가면 지금은 물에 잠겨 있지만 중앙 부분에 바위가 있어요."

"바위에 올라가서 앉으라고요?"

"네. 저 바위는 아주 특별한 물건으로 우리 일족이 미리 친 결계의 핵심 부분이자 아래쪽에 정석이 있어요. 바위에 앉아서 선력을 바위에 주입하면 선력과 상극인 마기의 활성이 극도로 낮아져서 마족의 행사를 방해할 수 있어요. 그러는 동안 우리 쪽에서도 결계진을 활성화시켜서 바위 아래쪽에 있는 정석에서 마기 대신 정령력을 끌어낼 거예요."

마르셀의 설명에도 불구하고 이해가 다 되지는 않았지만 가온은 묵묵히 그녀의 말을 따라서 그쪽으로 향했다.

호수의 북쪽은 짙은 마기를 함유하고 있는 안개에 가려져 있어서 차원석에서 마기를 끌어내는 마족의 결계진이나 마족들의 모습은 보이지 않았다.

'결계진의 밖이라니 큰 상관은 없겠지.'

달렌과 마르셀이 보는 가운데 가온이 안개가 짙은 호수 안으로 들어갔다.

'저들이 말한 대로 깊지는 않네.'

호수의 수심은 가장 깊은 곳이 가온의 목까지 올 정도라고 했는데 맞았다.

뭐 더 깊어도 상관이 없었기에 농후한 마기를 방출하는 짙은 색깔의 호숫물은 전혀 두렵지 않았다.

가온은 곧 호수 중앙에 있는 넓적한 바위에 도착했다. 폭이 2미터 정도에 길이가 6미터 정도인 직사각형의 바위는 물

아래로 대략 1미터 정도 잠겨 있는 상태였다.

가온은 정석에서 특정한 에너지를 추출하는 데 꼭 필요하다는 이 바위가 이전에 세롬이 말했던 소모성 아이템이라는 사실을 깨달았다.

'앉으면 목까지 차겠네.'

바위 위로 올라가면서 주위를 돌아보니 달렌과 마르셀을 포함한 300여 명의 엘프 전사들이 호숫가를 따라 몸을 반 정도 호수에 담근 채 좌정을 하고 앉아서 뭔가 손에 쥔 상태로 가온 쪽을 주시하고 있었다.

'생각보다 훨씬 강한 전사들이야.'

가장 실력이 떨어지는 전사도 익스퍼트 중급이고 소드 마스터 경지의 전사는 무려 40여 명에 달하니 300여 명만 놓고 볼 때 아니테라의 전사들과 비교해도 크게 떨어지는 전력은 아니었다.

마기가 농후한 안개 속에서 결계를 펼치고 있을 마족 진영의 경우 이런 전력을 갖춘 다크엘프들에게 경각심을 불어넣고 있으니, 이들과 비등하거나 조금 더 높은 전력을 갖추고 있을 것이다.

마족이 던전을 빠져나가면 안 되는 것은 당연하고 어쩐지 찜찜한 기분을 느끼게 만드는 다크엘프족도 어지간해서는 던전을 나가게 해서는 안 될 것 같았다.

'일단 달렌과 마르셀이 생각한 계획에 따라서 마족의 행사를 방해하면서 양측이 동패구사하는 상황을 유도해 보고 그게 여의치 않으면 아니테라 전단을 소환해서 처리하면 돼.'

마법사와 결계술사 그리고 주술사까지 합류한 타이탄 전단의 전력은 그야말로 막강 그 자체였다.

시간제한은 있지만 타이탄 전단에서 상위 서열로 300명을 동원한다면 타이탄 기동 시간 내에 마족은 물론 다크엘프족까지 처리할 자신이 있었다.

그러니 별로 긴장이 되지 않았다.

'파르펨이라는 귀족 마족은 조금 신경이 쓰이지만 설마 뤼벨르만큼 강한 놈이겠어.'

뤼벨르로 인해서 죽을 뻔한 위기를 겪고 마족에 대한 트라우마가 생기긴 했지만 오행마를 처치하면서 자신감을 얻은 가온이다.

가온이 바위 위에 좌정을 하자 다른 전사들처럼 자신을 향해서 양손을 뻗고 있던 달렌이 손을 흔들어서 신호를 보내왔다.

'선력, 아니 영력만 이 바위에 주입하면 된다고 했지.'

앉아 보니 바닥이 매끈한 것이 사람의 손을 탄 것 같았는데 손바닥 모양의 홈이 왼쪽에 나 있었다. 그리고 그곳을 포함해서 바닥 전체에는 마치 바늘로 찌른 것처럼 작은 구멍이 수없이 많이 뚫려 있었다.

가온은 손바닥 형상의 홈에 왼손의 손바닥을 붙였다.

'다크엘프족이 친 결계진을 통해서 정령력이 이 바위로 모이고 내가 주입한 영력을 매개체로 차원석에서 마기 대신 정령력을 끌어낼 수 있다고 했지.'

가온은 어떤 상황이 벌어져도 해결할 자신이 있었기에 주저하지 않고 손바닥을 통해서 영력을 방출했다.

물론 굳이 자신이 많은 영력을 보유하고 있다는 사실을 알릴 필요도 없고 어떤 일이 발생할지도 알 수 없으니 아주 최소한으로만 주입했다.

바위에 영력을 주입했지만 금방 어떤 변화가 일어나지 않았다.

가온은 문득 호기심이 동해서 심안을 열어서 농후한 마기가 느껴지는 호수 북쪽의 짙은 안개 속을 들여다봤다.

'응?'

결계진을 치고 있는 마족들이 있기는 하지만 뭔가 강한 위화감이 느껴졌다.

마족들이 다크엘프족 전사들과 동일하게 일정한 간격으로 호숫가에 자리를 잡고 마치 자신이 보이기라도 하는 것처럼 자신 쪽을 쳐다보고 있었기 때문이다.

'원래 하나인 결계진인 것 같구나.'

그러고 보니 자신이 앉아 있는 바위가 오뚜기의 허리처럼 안으로 잘록하게 들어간 호수의 정중앙에 해당했다.

이상한 건 더 있었다.

분명히 바위로 향하는 정령력의 흐름이 느껴져야 했는데 정령력 대신 마기만 감지할 수 있었다.

'설마 다크엘프족이 날 속인 건가?'

그때 자신이 앉아 있던 바위 아래쪽에서 어마어마한 마기가 솟구치기 시작했다.

그리고 어떻게 반응을 하기도 전에 마기가 그의 체내로 해일처럼 밀려 들어왔다.

마기는 순식간에 그의 몸을 가득 채우더니 일부는 체내에 잠복하고 있던 양기와 결합해서 음양기로 변했고 나머지는 체외로 방출되었다.

마치 자신이 마기의 통로가 된 것 같았다.

그런데 바위와 자신의 몸을 거쳐서 외부로 방출되는 마기가 좀 이상했다.

'마기의 성질이 내가 알던 것과 달라!'

이전에 느꼈던 마기는 마치 살아 있는 맹수의 그것처럼 포악하고 난폭한 성질을 가지고 있었지만, 지금 가온의 몸 밖으로 방출되는 마기는 굉장히 유순했을 뿐 아니라 순도나 밀도가 아주 높았다.

그렇게 가온이 마기를 방출하기 시작하자 가장 먼저 호숫물의 색깔이 변하기 시작했다.

낮은 수심에도 불구하고 짙푸른색이었던 호숫물이 밝은

선홍색으로 바뀌고 있었다.

반면 마족의 영역이라고 했던 호수 북쪽 지역을 가리고 있었던 마기의 안개는 순식간에 사라져서 다크엘프족 전사들과 동일한 간격으로 호숫가에 몸을 반쯤 담그고 있는 마족들이 보였다.

'이전의 안개는 내가 마족들을 보지 못하게 일부러 피운 안개였던 건가?'

가온이 이상한 점을 감지했을 때 그의 몸에서 농후한 마기가 방출되면서 짙은 안개가 그의 몸을 감싸 버렸다.

모공을 통해 방출된 마기가 대기 중에 쉽게 섞이지 않고 한동안 그의 몸 주위에 머물렀기 때문이다.

가온은 이제야 상황을 알아차렸다.

'하아! 내가 차원석에서 마기를 끌어내는 결계진의 코어라니!'

달렌과 마르셀이 그에게 거짓말을 한 것이다.

다크엘프족과 마족은 애초에 적대 관계가 아니었든지 아니면 이 결계진을 위해서 임시로 손을 잡은 건지는 모르겠지만 지금은 한편이었다.

예상하지 못한 황당한 상황이 되었지만 당황하지는 않았다.

어떤 상황에서도 몸 하나는 안전하게 빼낼 자신이 있었기 때문이다.

게다가 마기는 그에게 아무런 위해도 끼칠 수 없었다.

그렇게 느긋했던 가온이었지만 다음 순간 낯빛이 파랗게 변했다.

'손을 뗄 수 없어!'

영력의 주입을 멈추려고 했지만 바위에 대고 있는 왼손 손바닥을 뗄 수가 없었다.

마치 바위와 하나가 된 것처럼 붙어 버린 것처럼 바위가 엄청난 흡입력을 가지고 있었다.

하지만 힘을 최대로 끌어 올리자 간신히 손바닥을 뗄 수 있었다.

바위의 흡입력이 강력하기는 하지만 가온 정도의 강자에게는 소용이 없었기 때문이다.

그렇게 손바닥을 떼자 체내로 들어오는 마기의 흐름이 끊겼다.

그리고 자연스럽게 마기가 체내에 잠복하고 있던 양기와 결합해서 음양기로 변환되는 현상도 사라졌다.

일단 손을 뗄 수 있다는 사실을 확인한 가온은 다시 손바닥을 제자리에 붙이고 영력을 주입했다.

'일단 양기부터 해결하고 나머지는 나중에 생각하자.'

지금 이 순간이 언제든 문제 될 수 있는 양기를 제거할 절호의 기회였다.

가온은 다시 체내로 유입되는 마기와 양기를 음양기로 바꾸는 데 최선을 다했다.

남작급이기는 하지만 고위 귀족인 파르펨은 다른 마족들처럼 하반신을 담그고 한 손으로 결계진의 연결 부위로 마기를 방출하고 있었는데, 호숫물 속에서 순도 높은 마기를 확인하고 너무 기뻐서 몸을 부르르 떨 정도였다.

다크엘프족과 협력해서 펼친 초대형 결계진이 진짜 정석에서 마기를 끌어내고 있었다.

그리고 그 마기는 코어인 바위 위에서 선력을 주입하고 있는 인간의 몸을 거치면서 순수하게 변해 호숫물에 녹아들었다.

물론 안개처럼 공기 중으로 방출되는 마기도 있었지만 바람의 영향을 받지 않을 정도로 무거워서 시간이 지나면 호숫물에 녹아들 것이다.

'이렇게 순도와 밀도가 높은 마기라니!'

받아들이기 위해서 일부러 방출할 필요도 있었지만 인간을 속이기 위해서 안개처럼 만들었던 자신들의 마기와는 비교도 되지 않았다.

불순물이 전혀 섞이지 않은 순수 그 자체의 마기였기 때문이다.

살고 있던 공간이 다른 차원과 융합되어 격리된 직후 파르펨은 정석에 주목했다.

정석과 관련된 기록을 본 적이 있었는데 정석을 쥐고 연공을 하면 엄청난 양의 마기를 흡수할 수 있다고 했다.

하지만 다크엘프족도 그 사실을 알고 있었는지 던전이 되어 버린 이 공간을 떠나지 않고 호수 중앙에 있는 정석을 욕심냈다.

당연히 피비린내가 진동하는 격렬한 전투가 이어졌지만 어느 한쪽도 절대적인 우세를 가져가지 못하고 결국 양측 모두 전사의 절반 이상이 죽거나 다치는 최악의 피해를 입었다.

그래서 할 수 없이 협상을 했는데 그 과정에서 정석의 마기를 전사들까지 폭넓게 공유할 수 있는 대안이 나왔다.

양측 모두 대안에 필요한 지식이나 물건을 가지고 있었기 때문이다.

하지만 결정적인 것이 빠져 있었다. 바로 선력이었다.

선력은 마기와 상극인 에너지로 흡순석이 제 역할을 하려면 반드시 필요했지만, 양 종족 중에서는 선력을 쌓을 수 있는 체질을 가진 이는 없었다.

그래서 파르펨이 직접 밖에 나가서 인간들을 잡아 와서 실험을 했지만 선력을 쌓는 것은 고사하고 친화력을 가진 인간도 없어.

그런데 운이 좋게도 다크엘프족이 외부에서 들어온 순진한 인간을 이용해서 선력을 쌓게 만든 것이다.

'어떻게 저런 인간을 찾아냈을까? 우리처럼 마기를 다루는 존재라서 그런지 다크엘프족은 우리 마족만큼이나 영악해서 너무 위험해! 마기를 흡수하는 대로 해치워야 해!'

다크엘프족 수장들은 외부에서 들어온 순진한 인간 강자를 속여서 선력을 체내에 쌓도록 한 후 정석에서 마기를 뽑아내는 초대형 결계진의 코어로 활용하자고 제안했다.

그녀만이 아니라 마족 전사들도 유순해서 의식의 힘을 쉽게 받아들이는 순도 높은 마기를 확인하고 내심 환호했다.

이런 순도 높은 마기라면 막강한 파괴력을 주지만 대신 많이 축적하면 몸을 망치게 만들고 뇌를 오염시켜서 종국에는 미쳐서 날뛰다가 힘이 다해서 죽거나 동족들에게 죽임을 당하게 만드는 기존의 불순한 마기를 정화시킬 수 있을 것이다.

당연히 마족과 동일하게 마기를 축적하고 사용하는 다크엘프족 역시 크게 기뻐하고 있었다.

이제 그동안 체내에 쌓은 불순한 마기의 대부분을 방출한 후, 호숫물이 농후한 마기가 일정 수준 이상으로 함유하게 되면 결계진을 풀고 마음껏 순도와 밀도가 높은 마기를 흡수하면 된다.

물론 초대형 결계를 이용해서 정석에서 추출한 마기를 선력을 통해 자신의 몸으로 순화시키고 있는 인간은 결국 마기로 인해서 육체가 파괴되어 죽겠지만 그건 마족이나 다크엘프족이 신경 쓸 필요는 없었다.

'마기가 빠르게 진해지고 있어!'

역시 정석이 품고 있는 마기는 엄청났다.

순도는 물론 농도가 짙어지고 있는 이 호숫물에 몸을 담그고 불순한 마기를 방출한 후 순수한 마기를 흡수하면 자신을 포함한 300명의 마족 전사들은 최소한 한두 단계 이상 경지가 높아질 것이다.

그만큼 순도와 밀도가 높은 마기의 효과가 대단한 것이다.

'잘하면 단숨에 백작급에 올라설 수 있어!'

그다음은 마왕급이다.

무작위로 발생하는 차원 융합이 발생하는 바람에 다른 차원으로 건너왔기 때문에 마계로 갈 수 있는지는 아직 모르겠지만 마왕급이 되면 마계로 갈 수 있는 것은 확실했다.

'아니, 마계로 갈 것이 아니라 던전 밖의 세상을 지배하는 것도 나쁘지 않을 것 같아!'

다크엘프족 수장 중 하나인 마르셀로부터 바깥 상황에 대해서는 간략하게 들었다.

마수와 몬스터 들이야 자신의 권속이나 다름없으니 도시에 갇혀 사는 인간들은 맛있는 식량이 될 것이다.

파르펨과 마족들은 비슷한 생각을 하면서 오랫동안 쌓은

불순한 마기를 결계진에 주입하는 데 전념했다.

꿈

한편 호숫물이 함유하고 있는 마기의 농도가 짙어지는 것을 확인하고 있는 달렌과 마르셀은 미소를 감출 수가 없었다.

다른 평범한 인간들과 달리 선력에 친화력을 가지고 있는 순진한 인간을 이용해서 이렇게 순도가 높은 마기를 흡수할 기회를 잡은 것은 지금 생각해 봐도 대단한 책략이었다.

달렌과 마르셀은 세계수로부터 외부에서 들어온 인간 강자가 다크엘프족의 영역을 침범하려고 시도했다는 소식을 들었다.

처음에는 그 인간을 만나서 던전 바깥세상에 대한 정보를 듣고 죽이려고 했는데, 식사 전후에 대화를 나누면서 끝내주는 생각을 떠올릴 수 있었다.

'이 인간이라면 선력에 친화력을 가지고 있을 수도 있어!'

마족의 시도는 일반인을 대상을 한 것이니 결과가 다를 수 있다는 생각이 든 것이다.

오래전 다크엘프족의 영역에 들어와서 죽임을 당한 선술사도 굉장한 강자였으니, 자신들에 비해 한 수 정도 실력이 낮은 인간 강자도 선력을 쌓을 수 있는 가능성이 높다고 생각한 것이다.

'다시 파르펨과 얘기를 해 봐야겠어!'

양 종족의 수많은 전사들까지 순도와 밀도가 높은 마기를 흡수할 수 있는 절호의 기회가 다시 찾아왔다.

마르셀은 자신이 떠올린 생각을 은밀하게 달렌에게 전했고 두 엘프는 즉흥적으로 계략을 짰다.

가온에게 선술사가 남긴 유물을 전해 주어 선력을 쌓도록 한 후 페르펨 남작이 말했던 대로 초대형 결계진의 코어로 활용하자는 계략이었다.

그리고 그 계략은 아주 멋지게 성공했다.

'한두 시간만 지나면 호숫물에 섞인 순도 높은 마기를 흡수할 수 있어!'

그러기 위해서는 지금까지 쌓은 마기를 대거 방출할 필요가 있었다.

새 술은 새 부대에 담아야 하는 법이다.

그건 마족들도 잘 알고 있는 것 같다. 마족들도 흡순석을 향해 아낌없이 마기를 방출하고 있으니 말이다.

아직은 호숫물에 녹아 있는 순도 높은 마기를 흡수하고 있지 않았다.

어느새 짙은 안개에 가려진 인간의 생사는 알 바가 아니지만 신경을 써야 할 부분은 있었다.

"온 훈 님, 내 말이 들리나요?"

"들립니다. 무슨 일이 벌어지는 겁니까? 영력을 주입하고 있는 손바닥이 바위에서 떨어지지 않습니다. 아니, 몸을 바위에서 뗄 수가 없습니다!"

"당황하지 말고 계속 선력을 바위에 주입해요! 충분한 선력을 주입하지 못해서 그런 거니까요. 덕분에 마기가 옅어지고 있어요!"

"하지만 선력구를 통해 흡수한 선력이 그리 많이 남지 않았습니다!"

가온의 말에 마르셀의 얼굴이 심각해졌다.

선력에 대해서는 잘 알지도 못했고 짙은 안개에 가려진 가온이 지금 바위에 선력을 어느 정도로 주입하고 있는지도 모르는 상황이다.

하지만 확실한 건 최소한 두어 시간은 더 지나야 몸에 쌓은 마기를 결계진을 통해서 대부분 방출하고 그 이후에나 순도가 높은 마기를 흡수할 수 있다는 사실이다.

'다행히 친화력은 있지만 처음으로 선력을 흡수하는 것이니 충분한 선력을 쌓을 수 있을 리가 없기는 하지.'

그때 달렌이 품에서 작은 가죽 주머니 하나를 꺼냈다.

"선력구를 더 줄 테니 선력을 방출하는 동시에 흡수해 보십시오!"

"그게 가능할까요?"

"가능할 겁니다. 던질 테니 잘 받으십시오!"

달렌은 소드 마스터 중급 강자답게 가죽 주머니를 가온이 앉아 있는 위치로 정확하게 던졌다.

"받았습니다. 한번 해 보지요. 얼마나 계속해야 하는 겁니까?"

"두 시간 정도면 정석의 마기 방출이 완전히 멈출 겁니다."

마기를 그냥 방출하는 것이 아니라 결계진을 통해서 지속적으로 주입하는 것이기에 시간이 많이 필요했다.

"마족들의 동향은 어떻습니까? 아! 우리의 대화를 들을 수도 있겠군요."

"상관없습니다. 마족은 우리가 사용하는 엘프어를 전혀 알아듣지 못하니까요. 그리고 지금 마족들은 빠르게 옅어지고 있는 마기에 당황한 것으로 보이지만 결계진을 풀 수가 없는 상황이라 신경을 쓸 필요는 없습니다."

"그래도 만약의 상황에 대비하십시오. 이거 아무것도 보이지 않으니 너무 답답하군요."

"걱정하지 마십시오. 우리 일족은 물론 바깥세상의 인간들에게 극도로 위험한 마족이 힘을 얻으면 안 되니 온 훈 님이 조금만 더 수고해 주십시오."

"알겠습니다."

시간이 갈수록 짙어지고 있는 안개 속에서는 더 이상 아무런 말도 흘러나오지 않았다.

인간은 영력을 흡수하는 동시에 방출하는 고난이도의 작업에 집중하고 있는 것 같았다.

마르셀이 부르기 전에 가온은 체내에 잠복하고 있던 양기를 음기에 해당하는 마기를 이용해서 음양기로 변환시키는 데 성공했다.

결과는 아주 놀라웠다. 음양기가 무려 500만이나 증가한 것이다.

'하지만 아직 남은 양기가 많아.'

나머지 양기는 어디에 숨어 있는지 마기에 반응하지 않아서 지금은 어쩔 수가 없었다.

그런 상태에서 마르셀이 그를 부른 것이다. 그리고 뜻하지 않게 영력을 추가로 늘릴 수 있는 기회를 잡았고.

'하하하!'

다크엘프족은 자신에게 사기를 쳤다고 생각하겠지만 사기당한 것은 그쪽이다.

'선력구가 세 개나 더 있을 줄은 몰랐네.'

받은 즉시 영력을 흡수해 버렸다. 덕분에 영력은 300만이 늘었고.

영력은 지금도 초당 100 정도의 속도로 빠져나가고 있었지만 그래 봐야 분당 6,000, 시간당 360,000밖에 안 된다. 그러니 그쪽은 더 신경을 쓸 필요가 없었다.

바위에 붙은 손바닥을 뗄 수 있다는 사실까지 확인했으니 문제 될 것은 전혀 없었다.

마음이 느긋해진 가온은 받고 살펴보지 않았던 푸른 잎사귀들이 생각났다.

'선술이나 살펴보자!'

푸른 잎사귀들을 하나씩 이마에 붙여 보던 가온의 눈빛이 한순간 강렬해졌다.

'용체술(龍體術)!'

무려 을급에 해당하는 선술이었다.

'횡재했군!'

아주 유용하게 사용하고 있는 선와술도 정급이니 을급인 용체술이 얼마나 대단한 선술인지 알 수 있었다.

용체술은 신체를 용, 즉 드래곤의 그것처럼 단련하는 것이 요체인 선술이다.

피부와 뼈 그리고 근육은 물론이고 혈맥과 내장 기관까지 단련해서 궁극적으로는 드래곤처럼 단단한 몸을 가질 수 있었다.

가온이 용체술의 가치를 높이 보는 것은 음양기는 물론 영력과 신성력까지 한도 이상으로 증가하면서 아쉬움을 느꼈기 때문이다.

'내가 보유한 에너지에 비해서 육체가 너무 약해!'

그릇의 크기에 따라 담을 수 있는 양이 증가한다는 건 불변의 진리다.

그런 면에서 지금 가온의 상태는 상당히 불안했다.

그릇인 육체는 100밖에 담을 수 없는데 내용물은 300 내지 400이나 되니 말이다.

'강적을 만나 사생결단을 내다 보면 육체가 견디지 못하고 붕괴할 수밖에 없어.'

외부의 마력을 이용해서 증폭을 시키는 방식으로 마법을 발현하는 마법사와 달리 전사는 자신이 체내에 쌓은 마나로 수련한 기술을 시전한다.

그런데 몸이 버틸 수 있는 한도를 초과해서 마나를 사용하게 되면 마나로드는 물론이고 혈관, 뼈, 근육 그리고 신경까지 큰 손상을 받을 수밖에 없었다.

그게 바로 내상(內傷)이다. 내상은 외상과 달리 치료하기가 무척 힘들다.

혈관이나 신경망처럼 미세한 조직은 쉽게 손상을 입는 반면 치료하기가 힘든 것이다.

그렇기 때문에 가온도 시간이 날 때마다 체술을 수련하고 있지만 그 정도로는 지금까지 이런저런 기연을 통해서 쌓은 육체를 더 강화시킬 수 없었다.

확실하지는 않아도 이런 원리를 느끼고 있던 가온에게 신체를 몇 단계나 강화할 수 있는 용체술은 그야말로 사막에서 오아시스를 만난 것이나 다름없었다.

용체술의 비의는 연속된 충격을 통해서 신체 전 부분을 단련하는 것이다.

마치 근육이 자극에 의해서 손상이 되었다가 회복되는 과정을 통해서 강해지는 것처럼 말이다.

장기와 같은 신체 내부의 조직은 충격을 줄 수 있는 방법이 거의 없었다.

그렇기에 용체술에서는 보조하는 이가 신체 내부로 기와 같은 에너지를 주입해서 충격을 주는데, 가온은 흡순석에서 방출되어 자신의 몸을 통과해서 방출되는 순수한 마기를 이용할 생각이다.

주입하는 영력을 조절하면 체내로 유입되는 마기의 세기를 조절할 수 있으니 자극을 주는 것은 어렵지 않다.

용체술에서는 영약과 약초를 끓인 물을 이용해서 손상된 부분을 회복시키는데 그 부분도 훌륭한 대안이 있었다.

'오행기 중 목기와 신성력이라면 손상을 받는 즉시 회복을 시킬 수 있어!'

가온은 바로 용체술 수련에 들어갔다.

처음에는 약한 자극이 필요했다. 물론 그렇다고 해도 현재 체내로 유입되는 마기의 양보다 많아야 했고 세기도 강해야만 했다.

그동안의 수련을 통해서 혈맥이나 내부 장기도 어느 정도 단련이 되어 있었기 때문이다.

가온은 통증이 느껴질 때까지 영력을 늘려서 흡순석에 주입했다가 영력을 줄인 후 목기와 신성력을 이용해서 손상받은 부분을 치료하는 과정을 반복했다.

그렇게 자극의 강도를 높이고 치료하는 과정이 반복되자 어느 순간부터 그의 전신 모공에서 새까만 액체가 흘러나오기 시작했다.

이미 몇 번이나 바디체인지를 한 몸이지만 손상을 받은 조직과 남아 있었던 미세한 노폐물이 나오는 것이다.

30분 정도가 지났을 때 가온은 자신의 몸이 굉장히 단단해 졌음을 느낄 수 있었다.

뼈와 근육은 물론 연골이나 혈맥 그리고 내부 장기마저 어지간한 충격으로는 전혀 손상을 줄 수 없을 정도로 강화된 것이다.

그런데 그냥 강화된 것이 아니다. 신체가 낼 수 있는 최대한의 힘을 발휘할 수 있도록 뼈와 근육 등 온몸이 최상의 상태로 변해 버렸다.

'이 정도라면 마나를 사용하지 않아도 익스퍼트급은 충분히 상대할 수 있을 것 같네.'

피부는 검기로도 쉽게 베어지지 않을 정도로 질겨졌고 근육이 내는 힘만으로 검기를 상대할 수 있을 정도로 육체가 인간의 한계를 벗어나서 용의 신체라고 해도 될 정도로 탈바꿈을 한 것이다.

가온은 그렇게 용체술을 단련하면서도 시간의 흐름은 정확하게 인지하고 있었다.

'두 시간 정도는 계속 영력을 주입해야 한다고 했으니 아직 한 시간 이상 남았군.'

지금이라도 자리를 털고 일어나서 자신을 속인 다크엘프족은 물론 마족까지 모조리 박살 내려고 했던 가온은 이내 그 마음을 접었다.

가온은 마족과 다크엘프족이 정석을 품고 있으며 결계의 중심이 되는 이 거대한 바위를 향해 끊임없이 마기를 주입하고 있음을 알고 있었다.

하지만 아직 시간이 많이 지나지 않아서 그리 많은 마기를 소진하지는 않은 상태다.

혼자의 힘으로 두 무리를 상대할 자신이 없는 것은 아니다.

용체술을 익힌 후라서 몸은 분화하기 직전의 활화산처럼 강력한 힘이 느껴졌기 때문이다.

마음은 그렇지만 무려 600명이 넘는 적을 혼자 상대하는 것은 어려운 일이다.

마족은 모르겠지만 다크엘프족만 해도 가장 낮은 경지가 익스퍼트 중급이었으니 말이다.

'가만!'

곰곰이 생각해 보니 별다른 수련을 하지 못하고 있는 본신에게 아주 좋은 기회였다.

이런 환경이 아니라면 용체술을 익히는 데 막대한 재원과 기나긴 수련 시간이 필요했기 때문이다.

애초에 구입하려고 했던 '동화의 인' 아이템을 구입한다고 해도 현재 본신의 육체라면 제대로 된 동화 효과를 누릴 수 없었다.

나중에 필요할 때 '동화의 인'을 통해서 제대로 된 효과를 보려면 본신도 육체를 한계까지 단련해 둘 필요가 있었다.

이제 막 차원 융합이 시작되고 있는 지구에서는 자신처럼 막대한 에너지를 가지고 있어도 사용할 데가 없었다.

'하지만 단단한 육체라면 다르지.'

용체술을 익힌 현재 자신의 몸은 탄환이 박히지 않을 것이다.

이런 육체를 가지게 된다면 도검류나 총기를 이용한 범죄 대상이 된다고 하더라도 충분히 대응할 수 있었다.

게다가 이곳은 시간의 흐름이 지구에 비해서 100분의 1이나 느리다.

잠깐 건너와서 수련을 하고 간다고 해도 지구 시간으로는 아주 잠깐에 불과했다.

파국

요즘 포션의 판매량이 급증하는 바람에 너무 바빠서 11시가 다 된 시간이 되어서 집에 돌아온 가온은 샤워를 하고 나오다가 분신의 의념을 전해 듣고 무척 황당했다.

'용체술이라는 상급의 선술을 익힐 절호의 기회이니, 아니 테라를 경유해서 그곳으로 건너오라고?'

물론 그에 대한 설명은 의념을 통해 충분히 들었다.

'과연 지구에서 살다가 죽을 내게 용체술이 필요할까?'

현재 전력을 기울이고 있는 사업은 너무 재미있어서 어나더 문두스를 플레이하거나 차원 의뢰와 같은 것을 수행할 의사는 전혀 없었다.

거기에 짧은 시간에 용의 신체처럼 내외부가 단단해지려

면 엄청난 고통을 감수해야 한다는 말에 고민이 될 수밖에 없었다.

하지만 고민은 짧았다.

'못 먹어도 고!'

강해질 기회를 놓칠 수는 없었다.

나중에는 어떻게 변할지 모르겠지만 지구는 마력이나 마나 혹은 마기와 같은 에너지가 없었다.

그러니 강건한 육체를 만드는 것이 무엇보다 의미가 있었다.

'원하는 결과를 얻지 못하더라도 몸은 한결 건강해지겠지.'

결국 가온은 단단히 결심을 하고 아니테라로 건너가서 본신이 전해 준 용체술의 내용을 충분히 연구한 후에 아이테르 차원의 던전 안, 그것도 짙은 마기의 안개 속으로 건너갔다.

"어서 와!"

"잘 지냈지?"

영혼의 연결을 가장 낮은 수준으로 해 두었기에 본신이지만 분신의 일거수일투족을 알 수는 없었다.

동일한 영혼을 가지고 있지만 합체를 하지 않은 이상 타인이라고 봐도 무방할 정도였다.

그래도 언젠가 시간이 나면 분리되었던 영혼을 합쳐서 그간의 기억과 감정을 공유할 수 있으니 완전히 분리되었다고는 할 수 없었다.

"이게 마기구나!"

"생각보다 부정적인 성향만 가진 기운은 아니지?"

"그러게. 마기를 가진 생물은 성정이 흉포하고 본능을 강
화시켜서 살육을 저지르는 것으로 알고 있었는데, 이 마기는
굉장히 순수하게 느껴져. 얼마나 밀도가 높은지 끈적거리는
것 같고."

분신과는 비교할 수도 없는 수준이지만 본신도 마나를 포
함한 에너지를 보유하고 있다.

음양기와 마력 그리고 영력이 각각 100만을 상회하는 수
준인 것이다.

가온은 분신이 앉아 있던 자리에 앉아서 왼쪽 손바닥을 바
닥에 붙이고 영력을 방출하자 체내로 유입되는 마기를 느낄
수 있었다.

"이건 차원석에서 특별한 방법과 아이템으로 뽑아낸 아주
순수하고 밀도가 높은 마기야."

분신의 말대로 그 전에 알고 있던 마기와는 전혀 다르게
무척 순수한 기운이었다.

"이제 손바닥을 통해 주입하는 영력의 양을 조절하는 방법
으로 체내로 유입되는 마기의 양과 세기를 통제하는 방식으
로 신체 전 부분에 자극을 주어야 해! 통증을 느끼는 순간 영
력의 양을 줄이고 손상을 받은 부위로 오행기 중 목기와 신

성력을 보내 치료를 하는 과정을 반복하면 돼."

"알았어. 한번 해 볼게."

가온은 심안을 발동해서 마기와 육체 내외부의 변화를 면밀하게 살펴보고 있는 분신의 도움을 받아서 용체술을 수련하기 시작했다.

당연히 처음에는 시행착오를 겪을 수밖에 없었다. 분신과 달리 본신은 모든 능력이 약했기 때문이다.

하지만 어느 정도 시간이 지나자 마기를 이용한 자극으로 신체 전 부분에 미세한 손상을 입히고 목기를 이용해서 치료하는 과정을 자연스럽게 반복할 수 있었다.

집중력만큼은 분신에 비해서 크게 떨어지지 않았기 때문이다.

그렇게 한 시간 정도가 지났을 때 본신의 몸은 새까맣게 변해 있었다.

전신이 강화되는 과정에서 죽은 세포를 비롯한 노폐물이 모조리 빠져나온 것이다.

그뿐만이 아니다. 아주 오랫동안 전신의 근육 운동을 해 온 사람처럼 온몸의 근육이 아주 적절하게 발달해 있었고, 혈관이나 신경망도 최고의 상태로 변해서 그야말로 최상의 육체로 변해 버렸다.

오랫동안 수련과 전투를 통해서 단련된 분신의 육체가 아니었기에 본신의 육체 변화는 그만큼 극적이었다.

"그만!"

분신의 말에 정신을 차린 가온은 아직 단련할 여지가 있다는 사실을 본능적으로 알고 있기에 의아했다.

"이 정도면 됐어. 더 이상의 수련은 큰 의미가 없을 것 같아."

가온은 자신의 육체 내외부를 자세하게 살펴볼 수는 없었지만 짧은 시간에 자신의 육체가 얼마나 강해졌는지는 충분히 느낄 수 있었다.

가볍게 주먹을 쥐었음에도 엄청난 힘을 느낄 수 있었다.

"설마 바디체인지를 한 건가?"

"후후후. 기본이 약해서 그 정도의 성취는 이룰 수 없어. 바랄 걸 바라. 성(成)으로 따지면 지금 네 용체술의 경지는 대략 4성 정도야. 피부는 어지간해서는 도검의 날에 베이지 않을 것이고 총탄을 맞아도 탄두 정도만 박히는 정도라고 할 수 있지."

"그래도 전신에 힘이 넘치고 가볍게 팔만 흔들어도 날 수 있을 것 같아."

"작은 바위는 근력으로 부술 수 있을 거야. 대성까지는 아니더라도 소성은 거두었으니까 이 정도로 만족해."

"안 그래도 충분히 만족하고 있어. 이게 다 네 덕분이야. 고마워!"

가온은 지금의 육체라면 굳이 기를 사용하지 않아도 세계적인 운동선수들을 능가하는 초인적인 운동 능력을 발휘할 수 있을 것이라고 확신했다.

"고맙긴. 내가 너고 네가 나니까 당연한 거지. 혹시 마족과 다크엘프족이 눈치라도 채면 안 되니까 이젠 가."

"알았어. 나중에 다시 볼 때까지 잘 지내고. 아! 앙헬은 요즘 나와 지내고 있어."

다른 정령들은 분신에게 큰 도움이 될 테지만 그간 짐꾼 역할만을 해 왔던 앙헬은 현대 지구의 환경에서 가온에게 큰 도움이 되고 있었다.

"알고 있어. 그래서 없는 셈 치고 있고. 언제든 필요하면 다른 정령들을 소환해. 정령력이 없는 지구이긴 하지만 다들 격이 높아져서 단기간이라면 널 충분히 도울 수 있으니까."

"알았어. 내 여자들에게도 잘 주고 있는 거지?"

"하하하. 당연하지. 너와 내 여자니까."

사실 아레오나 아나샤 생각이 종종 났지만 일부러 생각하지 않으려고 했다.

특별한 일이 아니면 앞으로 영혼을 합체할 생각이 전혀 없기 때문에 지금의 분신은 자신과 타인이나 마찬가지인 다른 삶을 살고 있으니 말이다.

그렇게 본신이 짧지만 큰 성과를 얻고 돌아가자 가온은 왠지 영혼이 다시 떨어져 나가는 것 같은 허전함을 느꼈다.

이미 분리된 지 오래지만 그래도 동일한 영혼이었기에 어쩔 수 없는 상실감이었다.

그렇게 본신에게 용체술을 익힐 기회를 준 가온은 아직도 시간이 남아 있자 이번에는 아레오까지 불러들였다.

아쉽지만 신성력을 가지고 있는 아나샤는 아무리 순수하더라도 마기가 독이 될 수 있기에 어쩔 수 없이 좋은 기연을 얻을 수가 없었다.

아레오는 이미 아니테라에서 용체술의 요체를 충분히 이해했고, 모둔의 도움을 받아서 소량이지만 영력을 쌓은 상태였다.

비록 영규는 열리지 않았지만 흡순석을 작동시키기에 충분한 양이었다.

부족한 건 치유력이었는데 그건 가온이 해 줄 수 있는 부분이었다.

그렇게 아레오는 가온의 도움으로 단숨에 본신과 마찬가지인 4성의 성취를 얻었다.

아쉽지만 모둔은 굳이 용체술을 익힐 필요가 없었다. 육체를 구현할 때 충분히 강화시켰기 때문이다.

그렇게 두 시간이 지나가자 호수는 짙은 마기의 안개로 앞이 전혀 보이지 않을 정도가 되었다.

그때 마기를 거의 방출한 마르셀이 소리쳤다.

"온 훈 님!"

가온은 아무 응답도 하지 않고 높이 피어오른 안개를 이용해서 하늘로 날아올랐다. 그리고 호수와 인접한 작은 숲으로 날아갔다.

몇 번이나 가온을 불렀던 마르셀이 호숫물을 세 번 길게, 그리고 짧게 두 번 내리쳐서 신호를 보내자 결계에 마기를 주입하던 다크엘프족 전사들이 손을 멈추었다.

"죽었나?"

"그럴 가능성이 아주 높아. 죽지는 않았더라고 선력을 다 빨린 상태에서 원래 가지고 있는 에너지까지 몽땅 빨렸을 테니까 의식을 잃었을 가능성이 아주 높지."

대대로 내려온 흡순석에 대해서는 달렌이나 마르셀도 잘 알고 있었다.

조상 중 몇 명이 흡순석에 마기를 주입했었던 사례가 있었는데, 하나같이 모든 마기를 강제로 흡수당해서 폐인이 되어 버렸다.

"그럼 이제 마기를 흡수해 볼까."

그동안 쌓았던 불순한 마기는 이미 9할 이상 배출한 상태다.

순도와 밀도가 높은 마기로 채우기 위해서였다.

"마족들보다 더 빨리 마기를 흡수해야 해!"

자신들이 더 이상 마기를 주입하지 않으면서 결계의 효과는 정지된 상태다.

아마 마족들도 이제 순도 높은 마기를 흡수할 것이다. 진짜 싸움은 누가 더 빨리 많은 양의 마기를 흡수하느냐에 달려 있었다.

그렇게 마족과 다크엘프족이 호수에서 마기를 흡수하기 시작했을 때 인근에 있는 숲을 기준으로 호숫가를 따라 일정한 거리를 두고 아니테라의 전사들이 차례차례 소환되고 있었다.

소환된 전사들은 모두 중급 전사장 이상으로 400명이 넘었는데 대전사장 38명이 포함되었다.

그들은 짙은 안개에 휩싸인 호숫가로 아무런 기척도 내지 않고 이동했다.

마침내 호숫가의 안개 속에 하반신을 물에 담근 상태로 마기를 흡수하는 마족과 다크엘프족 전사들과 50미터 거리까지 접근하자 타이탄을 소환하고 바로 탑승했다.

비록 타이탄이 움직인 것은 아니지만 전원 익스퍼트 중급 이상인 마족과 다크엘프족 전사들은 평소라면 충분히 아니테라 전사들의 접근을 감지할 수 있었다.

그렇지만 그들은 지금 순도 높은 마기를 흡수하는 데 정신이 팔려 있었다.

같은 양을 쌓아도 이전보다 훨씬 더 강해질 수 있을 정도로 순도와 밀도가 높은 마기였기 때문이다.

동화까지 무사히 마친 타이탄들은 등에 메고 있는 거궁을 풀어서 시위에 창처럼 거대한 화살을 걸고 팽팽하게 당겼다.

파앙! 파앙!

뒤늦게 강력한 파공성이 뒤따를 정도로 빠르게 옅은 안개를 가른 거대한 화살들은 여지없이 마족과 다크엘프족 전사들의 머리통을 박살 내 버렸다.

순간적으로 뒤통수를 향해 날아오는 화살의 기척을 느끼고 방어막을 생성하거나 피한 이들도 있었지만, 그 정도로는 마나가 주입된 거대한 화살을 막을 수 없었다.

그렇게 단숨에 400여 명이 머리통을 잃어버리는 참혹한 사태가 벌어지고 나서야 겨우 타이탄의 존재를 알아챈 마족과 다크엘프족 전사들은 화들짝 놀라 대응하려고 했지만, 거구임에도 질풍처럼 달려온 타이탄들의 공격은 아주 매서웠다.

감마급은 물론이고 베타급 타이탄들도 3분의 1은 오러 블레이드를 생성했고, 나머지는 오러 스레드를 생성해서 이제 막 무기를 잡아 드는 마족과 다크엘프족 전사를 덮쳤다.

엘프 전사들은 대부분 쾌검류에 속하는 포르투 검술을 구사했고 나가족 전사들은 중검류인 에르트 검술을 펼쳤는데, 극히 일부는 환검류에 해당하는 이마고 검술을 펼쳐 한 번에 서너 개의 검이 쇄도하는 환검을 보여 주었다.

까앙! 깡!

"끄아아악!"

첫 화살 공격에서 살아남은 200여 명 중 절반 이상은 익스 퍼트 상급 이상의 강자였지만 타이탄의 최초 공격을 제대로 받아 내지 못했다.

어마어마한 크기의 대검으로 생성한 오러 블레이드와 오 러 스레드의 위력은 그 정도로 대단했다.

간신히 타이탄 전사의 검을 피하거나 마주쳐서 대응한 100여 명은 다크엘프족과 마족 전사 중 가장 실력이 뛰어난 강자들이 대거 포함되었는데, 그럼에도 불구하고 선기를 뺏 긴 상태에서 검력에 내상을 입었기 때문에 이어진 전투에서 승기를 잡기가 힘들었다.

다크엘프족 전사 중 가장 강자인 달렌과 마르셀은 시르네 아와 롭이 맡아서 싸우고 있었는데, 두 다크 엘프는 타고난 민첩성과 암흑의 정령을 소환해서 잔영을 남길 정도로 빠른 두 타이탄의 검격을 간신히 피하는 한편 간간이 비수를 날리 고 있었다.

암흑의 정령은 빠르게 움직이는 두 엘프의 신형을 순간적 으로 가려 주는 한편 타이탄 라이더인 시르네아와 롭에게 저 주를 걸기도 했다.

소드 마스터 상급과 상급을 코앞에 두었으며 마나를 증폭 해서 사용할 수 있는 시르네아와 롭은 암흑의 정령들을 처음 상대하기에 당황했지만 얼마 지나지 않아서 코웃음을 쳤다.

그들은 사용하는 검에 마나 대신 정령력을 주입해서 포르투 검술을 펼치기 시작했는데, 놀랍게도 암흑의 정령은 맥을 추지 못했다.

정령력이 담긴 오러 블레이드가 두 다크엘프나 암흑의 정령들이 아니라 희미하게 연결된 정령계와의 끈을 잘라 버렸기 때문이다.

하지만 달렌과 마르셀은 정령석을 통해서 암흑의 정령에게 계속해서 정령력을 공급해 주는 한편 호수의 짙은 안개를 통해서 마기를 흡수하는 방식으로 끈질기게 두 타이탄 라이더에 대항했다.

소드 마스터 상급을 코앞에 두었기에 움직이면서도 호흡과 모공을 통해서 마기를 흡수할 수 있었다.

화살이 날아가는 순간 가온은 파르펨이라는 남작급 마족을 주시했다.

심연처럼 불길한 느낌의 긴 머리카락에 창백한 낯빛 그리고 가느다랗고 얇은 눈매와 입술을 제외하면 굉장히 아름다운 외양을 가지고 있는 파르펨은 타이탄의 습격을 가장 먼저 눈치챘다.

"피햇!"

다크엘프족보다 한발 앞서 타이탄의 기동을 감지한 그녀 덕분에 고위급 마족들은 대부분 별반 피해를 입지 않았다.

하지만 마족들은 이미 체내에 쌓은 마기의 9할 이상을 방출한 상태라서 이어진 타이탄의 공격을 감당하는 건 어려웠다.

그래도 예외는 있었다. 파르펨을 포함한 네 마족은 순간적으로 박쥐 날개를 확장해서 하늘로 날아오른 것이다.

물론 먼저 호수의 높은 상공에서 그들을 기다린 존재가 있었다.

파바바밧!

투명 날개를 장착한 가온이 하늘로 솟구치는 마족들을 향해서 마나탄을 발출했다.

"끄아악!"

"크흑!"

습격 때문에 정신없이 날아오르는 데 몰두했던 두 마족은 바로 위에서 빛살처럼 빠르게 날아오는 마나탄에 머리통이 뚫려 피를 흘리며 힘없이 호수로 추락하고 말았다.

"인간!"

남은 두 마족 중 사내의 외형을 가진 마족이 송곳니를 드러내며 가온을 향해 살기 가득한 눈빛을 던지며 곡예에 가까운 비행술로 마나탄 다섯 발을 피했다.

나머지 한 마족은 파르펨 남작으로 보였는데 그녀는 마나탄이 날아오는 것을 감지한 순간 피할 수 없다는 것을 깨닫고, 순간적으로 박쥐 날개로 접어서 몸을 보호했는데 날개 위로 검붉은 방어막이 세 겹이나 생성되었다.

그리고 그 방어막들은 마나탄에 의해서 연속해서 부서졌지만 날개는 무사했다.

"누구냐?"

"외부에서 들어온 인간이더냐?"

두 마족이 거의 동시에 격노해서 소리쳤지만 가온은 굳이 대답할 생각이 없었다.

마나탄을 발출한 직후 대검에 마나를 주입해서 활활 타오르는 화염의 오러 블레이드를 생성한 가온은 영력을 사용하는 공간 이동술을 펼쳐서 남성 마족의 지근거리로 이동했다.

"허억!"

아무런 잔영도 없이 50여 미터의 공간을 순식간에 이동한 가온이 화염을 발산하는 오러 블레이드를 휘두르자 파르펨 남작이 가장 아끼고 사랑하는 토레이쿰은 기함을 했다.

"암흑막!"

몸이 타 버릴 것 같은 강렬한 열기를 감지하는 순간 반사적으로 전력을 다해 끌어낸 마기로 몸에 방어막을 펼친 토레이쿰은 박쥐 날개를 맹렬히 흔들었다.

최악의 경우 보호막이 깨지더라도 날개를 희생해서 몸을 보호하려는 것이다.

하지만 그 판단은 가온의 마나탄과 오러 블레이드의 위력을 너무 경시한 것이었다.

의식의 힘으로 조종하는 마나탄들은 토레이쿰의 진로를

막아 버렸고 그가 주춤하는 그 짧은 시간에 거대한 화염으로 이루어진 오러 블레이드가 쇄도한 것이다.

싸악!

화르르.

잔영과 함께 허공에 굵은 붉은 선이 그려지고 그 사이에 놓인 토레이쿰의 몸은 허리를 기점으로 두 조각이 되어 버렸는데, 오러 블레이드의 열기가 얼마나 강렬했는지 절단부는 물론 몸 전체가 순식간에 익어 버려서 비명조차 지르지 못하고 죽었다.

파르펨은 거대한 화살이 날아오기 직전에 호수를 포위한 적들을 인지했다.

'누가?'

그런 의문이 떠오르는 것과 동시에 그녀의 붉은 눈은 달렌과 마르셀이 있는 쪽으로 향했다.

'멍청한 것들!'

분명 결계의 코어에서 선력을 주입하던 인간의 동료들일 것이다.

사실 그 당연한 것을 자신도 간과했다. 그저 정석에서 무한대에 가까운 순도 높은 마기를 끌어낼 수 있다는 사실에 정신을 빼앗겨 버린 것이다.

'다 됐는데!'

차원 융합에 대해서는 익히 알고 있었다. 모계를 통해 전해지는 특별한 전승의 내용에 포함되어 있었다.

파르펨이 이끄는 섀도 일족 역시 3천여 년 전에 차원 융합이라는 특별한 현상으로 인해서 마계에서 마카르 차원으로 이주하게 되었다.

그리고 생소한 차원에서 적응하며 생존하기 위해서 그나마 전력이 비등한 다크엘프족과 영역을 두고 갈등과 화해를 반복하면서 살아왔다.

어느 날 갑자기 거주하는 곳을 포함한 영역의 일부가 본래 세상과 전혀 다른 공간으로 격리가 되었을 때 파르펨은 이것이 차원 융합으로 인한 현상임을 알 수 있었다.

과연 나갈 수 있는 문을 발견할 수 있었다.

바깥은 독충과 기이한 수생 마수가 들끓는 거대한 습지였지만, 대기의 성분이나 환경은 제한된 자원을 놓고 다크엘프족과 경쟁을 해야만 했던 마카르 차원보다 오히려 더 좋았다.

마기를 품고 있는 각종 동식물들은 물론이고 습지와 멀리 떨어진 곳에는 마족들이 가장 좋아하는 먹잇감인 인간들이 거대한 도시를 형성하고 살아가고 있었다.

섀도 일족의 고위급 마족은 하나같이 날개가 있었기에 나가는 것은 어렵지 않았다.

습지를 벗어나는 과정에서 능력이 낮은 일족들의 희생은

따르겠지만 이 새로운 세상에 정착하는 것은 어렵지 않았다.

하지만 바깥으로 나가는 것보다 더 중요한 것이 있었다. 그것은 바로 차원을 융합한 막대한 에너지의 집약체인 정석이었다.

정석을 통해서 다크엘프족과의 전쟁으로 인한 전력의 누수를 해결할 수 있는 건 물론이고 이전보다 더 강력한 전력을 만들 수 있기에 우여곡절 끝에 이런 상황이 만들어졌다.

그렇게 몸 안에 축적하고 있었던 불순한 마기를 방출하고 결계진을 통해 정석에서 흘러나온 순도 높은 마기를 축적하는 데 전력을 다하는 상황에서 외부에서 들어온 인간들이 공격한 것이다.

그나마 다행하게도 운공을 할 때도 의식의 한 자락을 외부에 풀어 놓고 있었던 파르펨이 소리쳐 경고를 한 덕분에 다크엘프족에 비해 거대한 화살에 의한 피해는 적었지만 뒤이은 공격은 막을 수가 없었다.

심지어 날개를 이용해서 공중으로 몸을 피한 파르템도 자신을 향해 날아오는 마나탄에 머리카락이 모두 곤두설 정도의 위험을 느꼈다.

피로 전승되는 혈기술을 이용해서 순식간에 날개 위에 몇 겹의 막을 만들어서 몸을 보호하지 않았다면 온몸에 구멍이 나 버렸을 것이다.

하지만 그녀보다 경지가 낮은 일족의 원로 둘은 엄청나게 압축된 에너지탄에 의해 머리가 뚫려 호수로 추락했고, 수십 명의 애인 중 가장 아끼는 토레이쿰마저 거대한 오러 블레이드에 의해 몸이 쪼개지고 말았다.

"으드득!"

밖으로 삐져나온 송곳니를 인간의 몸에 박아 넣고 신선한 피를 배가 차도록 빨아먹지 않으면 이 화가 풀릴 것 같지 않았다.

"죽어어!"

연인인 토레이쿰의 몸을 가르는 화염 오러 블레이드의 궤적에 눈이 뒤집힌 파르펨의 몸에서 시커먼 마기가 폭발적으로 방출되었다.

아끼던 일족과 사랑하는 애인이 참혹하게 죽는 모습을 지켜본 파르펨은 비록 분노로 이성이 마비되었지만 고위급 귀족답게 순간적으로 판단을 내렸다.

'어차피 지금의 내 능력으로는 도망칠 수도 없어!'

항상 7할의 힘을 감추라는 어머니의 당부를 무시하고 보유하고 있던 마기의 9할을 방출해 버린 결과가 바로 이렇게 무력하게 버러지 같은 인간에게 당하는 상황이었다.

거기에 상대는 자신의 몸 상태가 정상이었어도 상대하기 버거울 정도의 강자였다.

으드득!

결국 그녀가 택할 수 있는 수단은 하나밖에 없었다.

'네 몸을 차지하마!'

파르펨의 몸에서 나온 시커먼 그림자는 공간 이동을 하 듯 막 대검을 회수하고 있는 가온의 몸을 순식간에 덮어 버렸다.

"커헉! 쿨럭!"

너무 격노한 나머지 생명력의 근간이 되는 진원 마기를 방출하는 것과 동시에 영력으로 안개화시켜 순식간에 원수의 몸을 감싸 버린 파르펨이 분수처럼 피를 토하며 호수로 추락했다.

진원 마기는 순수한 마기를 축적한 귀족급 마족, 그것도 백작급은 되어야 만들 수 있는데, 섀도 일족은 진원 마기에 생명력과 영력은 물론 자신의 영혼 일부를 주입해서 그림자로 만들 수 있었다.

그렇게 만든 그림자는 실체를 가지고 있으며 내재한 영혼으로 조종할 수 있었다. 그림자처럼 다양한 형태로 변할 수 있었으며 상대의 몸을 덮게 되면 육체는 물론 영혼까지 자신의 것으로 만들 수 있었다.

파르펨의 분신이라고 할 수 있는 그림자는 상대의 영혼을 지배하는 효과를 가지고 있었고 본체가 죽더라도 영혼이 깃든 진원 마기만 있으면 얼마든지 부활할 수 있다.

섀도 일족의 비전인 진원 마기로 만든 그림자는 죽음을 각오해야만 쓸 수 있는 비전으로 파르펨은 자신의 능력으로는 상대를 죽일 수 없다고 판단한 즉시 생명력과 남은 마기를 불태워서 비전을 완성한 것이다.

가온은 그림자처럼 보이는 검은 안개가 자신의 몸을 덮쳐 오는 순간 오행막을 펼치며 호수로 추락하는 파르펨을 향해 열 발의 마나탄을 발출했다. 끝장을 내려는 것이다.

파르펨의 머리통이 산산조각이 나고 심장이 부서진 것을 확인한 가온은 그제야 몸을 덮은 검은 안개에 주목했다.

'이건 대체 뭐지?'

피하거나 공격할 겨를도 없이 순식간에 가온의 몸을 덮은 검은 안개는 섬뜩할 정도로 강렬한 살기와 악의로 가득했는데 마치 살아 있는 것처럼 오행막에 달라붙었다.

츠즈즈즈.

검은 안개가 오행막 중 가장 외곽에 자리한 화기의 막과 닿는 순간 마치 차가운 물을 끼얹은 것처럼 막이 순식간에 사라졌다.

비록 색깔이 옅어지기는 했지만 검은 안개는 목기, 수기, 금기, 그리고 토기의 막까지 차례로 녹여 버렸는데 그야말로 순식간에 벌어진 일이다.

오행막은 가온이 펼칠 수 있는 가장 막강한 방어 수단이었지만 검은 안개에는 소용이 없었다.

'이런 게 있을 줄이야!'

아무래도 이 위험해 보이는 검은 안개는 마기와 함께 영성을 가지고 있는 것 같았다. 확실하게 영력을 느낄 수 있었고 마치 살아 있는 것처럼 느껴졌다.

뤼벨르를 시작으로 여러 차례에 걸쳐 마족을 상대했지만 이렇게 불길한 기운을 풍기는 검은 안개를 사용한 마족은 없었다.

그렇기에 더욱 당황할 수밖에 없었다.

현재 가온이 보유한 그 어떤 스킬이나 아이템으로도 검은 안개의 침습을 막을 수 없었다.

다행히 외피를 형성하고 있는 파르가 검은 안개의 침습에 대항하고 있지만 파르 또한 마기로 인해서 빠르게 오염되고 있었다.

'이대로 검은 안개가 몸 안으로 들어오면 죽지 않더라도 마인이 되어 광기를 억제하지 못하고 날뛰다가 죽을 거야!'

생명의 위협을 강하게 느낀 가온은 맹렬히 머리를 굴리다가 마침내 자신이 할 수 있는 최고의 방어 수단을 생각해 냈다.

모두의 기연

"홀리 실드!"

신성한 빛과 파장을 가진 막이 파르와 동화되었다.

파앗!

츠즈즈즈.

가온의 몸이 신성한 빛에 휩싸이자 검은 안개가 진저리를 치는 것이 느껴졌다. 역시 신성력은 마기와 상극이었다.

효과를 확인한 가온이 더욱 신성력을 높이자 파르까지 오염시키고 있었던 음험한 마기가 밖으로 밀려났고 결국 햇살이 닿은 눈송이처럼 녹아 버리기 시작했다.

캐애애액!

인간의 청력으로는 들을 수 없는 초고주파의 끔찍한 비명과 함께 검은 안개가 한 덩어리로 뭉쳐서 화살처럼 공중으로 날아갔다.

가온은 검은 공으로 변한 안개의 정체는 알지 못했지만 놓칠 경우 큰일이 벌어질 거라는 확신이 들었다.

그래서 공간 이동으로 검은 공을 따라잡으면서 신성력을 가득 주입한 손으로 붙잡았다.

가온의 손에 잡힌 공은 날카롭고 긴 촉수를 수없이 방출해서 신성력을 뚫고 그의 손바닥으로 파고들려고 했다.

"홀리 파이어!"

가온의 손이 신성한 화염에 휩싸이는 순간 검은 공이 또다시 끔찍한 비명을 지르며 엄청난 힘으로 손아귀를 벗어나려고 발광을 했지만 소용이 없었다.

신성한 불길에 휩싸인 검은 공은 빠르게 줄어들더니 결국 완전히 사라져 버렸다.

'역시 마족은 위험해!'

이젠 뤼벨르로 인한 트라우마를 완전히 극복했다고 생각했던 가온이지만, 검은 안개는 그랜드 마스터인 그에게도 생명의 위협을 느낄 정도로 위험한 존재였다.

가장 위험한 존재를 처리한 가온은 불안한 마음에 호수로 추락한 파르펨의 사체까지 화염으로 완전히 불태워 버렸다.

그러고 나서야 비로소 눈길을 주위로 돌렸다.

'기대한 대로 훌륭하군.'

특히 시르네아와 롭은 동체 시력으로 좇을 수 없을 정도로 빠른 속도로 움직이는 한편 암흑의 정령을 이용해서 싸우는 두 다크엘프 수장들을 타이탄의 증폭 능력과 에르트 검술로 상대하고 있는데 승기를 잡은 상태였다.

이제 남은 적은 마족 십여 명에 불과했다. 다크엘프족은 이미 모두 다 처치한 것이다.

그래서 상대를 처리한 타이탄들은 동료가 상대하는 마족을 넓게 포위한 상태로 포진하고 있었다.

이제 적에게는 관심이 사라진 가온은 순도 높은 마기로 가득한 호수로 시선을 돌렸다.

'아까운데.'

아무리 순수하더라고 해도 자신 외에는 마기를 흡수할 수가 없었다. 거기에 자신은 이미 양기를 이용해서 한도까지 마기를 흡수한 상태였다.

'아니, 있어!'

가온은 바로 엔릴을 소환했다.

"헤루스!"

이렇게 따로 소환할 줄은 몰랐는지 엔릴은 경외심이 가득한 얼굴로 인사를 했다.

"사령술사가 100여 명으로 늘었다고?"

"네! 헤루스께서 저희 사령술사들을 배척하지 않으시고 오히려 지원해 주시고 맞는 역할을 맡겨 주시니 이미지가 크게 좋아졌습니다."

엔릴의 설명을 들어 보니 사령술을 익히고 있는 이들은 엘프족뿐 아니라 나가족과 스노족이 오히려 더 많았다.

특히 스노족의 경우 정신적인 능력이 높아서 사령술을 익히기에 굉장히 뛰어난 자질을 가지고 있다고 했다.

"지난번에 갓상점에서 구한 마기 연공술을 사령술사들에게 전수하고 있다고?"

"네. 아무래도 사령술사들은 마기가 필요하니까요. 다만 수준이 그리 높지 않아서 마기를 효과적으로 쌓기는 힘든 것 같습니다."

심상에만 존재하는 마나오션에 쌓는 마나와 달리 마기는 체내의 한곳에 핵(核)을 만들고 핵을 중심으로 마기를 겹겹이 둘러 압축하는 방식으로 쌓는데, 소위 마정석이라고 부르는 물리적인 저장 형태가 된다.

또한 마기는 마정석만이 아니라 근육과 뼈 등에도 쌓을 수 있으며 일정한 양 이상을 축적하면 자연스럽게 생체보호막이 생긴다. 그것이 마물이 강한 이유였다.

"그런데 이 마기는 대체 뭡니까?"

그래도 꽤 수준급의 사령술사가 된 만큼 엔릴은 고순도의 마기를 감지하고 자신도 모르게 입맛을 다셨다.

"사령술사들의 실력을 키워 줄 귀한 마기다."

"그럼 저희에게 이 마기를 흡수할 기회를 주신단 말입니까?"

"당연하지. 그러려고 불렀어."

"헤루스!"

가온의 관심이 타이탄 전단에 쏠려 있다고 생각해 왔던 엔릴은 얼마나 감동을 받았는지 눈물을 펑펑 쏟았다.

"다른 사령술사들을 소환할 테니까 눈물을 거두고 맞이할 준비를 해."

"넷, 헤루스!"

가온은 사령술사들을 모두 소환해서 일단 호수에 빠져 있는 마족과 다크엘프족 전사의 사체를 꺼내고 호숫가에 널브러진 사체들까지 정리하게 했다.

얼마 후 시르네아와 롭은 먼저 암흑의 정령들을 소멸시켰고, 이어서 달렌과 마르셀의 몸을 세로로 갈라 버렸다.

누구의 도움도 받지 않고 순수하게 자신들의 능력으로 소드 마스터 중급에 정령술사이기도 한 다크엘프족 강자를 해치운 것이다.

상황이 이렇게 되자 끝까지 싸우던 마족 전사들도 빠르게 무너졌고 결국 한 명도 빠짐없이 죽임을 당했다.

그렇게 승리를 했음에도 전사들의 얼굴은 그리 밝지 않았다.

가온에게 미리 상대가 보유한 마기의 9할을 방출했다는 사실을 들었음에도 힘겹게 처리했기 때문이다.

사실은 짧은 시간 동안 흡수했던 순수하고 농밀한 마기의 위력이 그 정도로 강했던 것이지만 그것까지 알 수는 없었다.

"모두 수고했다! 다들 느꼈겠지만 마기나 암흑 정령을 사용하는 존재들은 이렇게 상대하기가 힘들다. 그러니 절대로 방심하지 말도록 해!"

"넷!"

"그렇다고 너무 위축될 필요는 없다. 마기는 마나와 달리 양에 크게 제한을 받지 않는 특성을 가지고 있기 때문에 적은 양으로도 위력적인 공격을 가할 수 있지만, 지속 시간은 극도로 짧으니까."

사실 다크엘프족은 이렇게 툭 터진 개활지에서는 제대로 된 능력을 발휘할 수 없었다. 그래서 쉽게 처리할 수 있었다.

하지만 마족은 달랐다.

마족은 많든 적든 의식의 힘을 쉽고 빠르게 받아들이는 영력을 가지고 있어서 마기를 다양하게 활용할 수 있기 때문에 다크엘프족보다 처치하기가 훨씬 더 어려웠다.

그래서 달렌과 마르셀을 제외하고 끝까지 남은 자들은 모두 마족이었다.

"이젠 어떻게 할까요?"

아직 투기와 전의가 그대로인 시르네아가 물었다.

"던전 밖에서 소환한 것이 아니라서 보상이 없을 수도 있는데, 괜찮나?"

"상관없습니다!"

"그렇다면 전단을 모두 소환할 테니 셋으로 나눠 하나는 아무도 던전을 빠져나가지 못하도록 지키고 나머지 둘은 각각 마족과 다크엘프족을 맡아서 놈들의 근거지까지 철저하게 파괴하도록 해!"

"네!"

가온이 나머지 전단원을 모두 소환하고 세 개의 전단으로 재편성이 되어 각자 맡은 역할을 수행하러 움직이자 대기하고 있던 사령술사들에게 적당한 곳에 자리를 잡고 마기를 흡수하도록 했다.

'그래도 엄청 남을 텐데.'

사령술사들의 수준이 낮은 만큼 흡수하는 양은 결계진 내부의 마기 전체에 비하면 얼마 되지 않는다.

'누가 마기가 필요할까?'

아니테라의 주민 중에는 더 이상 없었지만 마기를 가장 적절하게 사용할 수 있는 존재가 생각났다.

가온은 바로 앙헬을 불렀다.

—주, 주인님!

바로 나타난 앙헬은 분신을 어떻게 불러야 할지 곤란한 얼굴이었다. 본신의 옆에 머물면서 그의 사랑을 받고 있는 상태였기 때문이다.

그렇기에 분신을 어떻게 대할지 곤란했는데 이내 순수한 마기를 느끼고 눈이 휘둥그레졌다.

'진화했다는 말은 들었는데 정말이군.'

앙헬은 본신이 홀릴 정도로 아름다우면서도 색감이 짙은 육감적인 미인이 되어 있었는데, 외형이 완전히 인간 여성으로 변해서 더 이상 마족으로 보이지 않았다.

─모두 주인님 덕분이에요.

앙헬에게는 동일한 영혼을 가지고 있는 본신이나 분신 모두 주인이었다.

'너 혼자 본신을 돕고 있다는 말은 들었다. 비록 그쪽 세상에는 크게 위험한 존재들은 없지만 본신을 제대로 보좌하려면 능력을 높일 필요가 있을 테니 안개화된 마기는 물론 호숫물에 녹아 있는 마기까지 모두 흡수하도록 해!'

가온은 앙헬이 마치 모둔처럼 본신에게 큰 의미를 가지게 되었다는 사실을 전해 들었기에 이렇게 호의를 베푸는 것이다.

─감사해요, 주인님!

앙헬은 진심이 가득한 감사 인사를 하더니 이내 안개 속으로 들어가자, 안개가 빠르게 사라지고 있었다.

사령술사들은 오래지 않아서 마기의 흡수를 멈추었다.

경지가 낮아서 더 흡수하고 싶어도 할 수가 없었기 때문이다.

그래도 순수하고 밀도가 높은 마기를 흡수한 덕분에 막 소환되었을 때와는 분위기가 달라 보일 정도로 경지가 높아져 있었다.

모두 적어도 한두 단계는 성장한 것 같아서 보는 가온도 기분이 좋았다.

사령술사들을 아니테라로 돌려보낸 직후 마기 안개가 말끔하게 걷혔다. 앙헬이 놀라울 정도로 빠르게 안개화된 마기를 흡수했기 때문이다.

─다 흡수했어요, 주인님.

다시 모습을 드러낸 앙헬의 얼굴은 무척 창백해 보였다. 한 번에 너무 많은 마기를 흡수한 영향이었다.

'도움이 되었나?'

─당연하죠. 한 차례 더 진화할 수 있을 것 같아요.

정순한 마기를 그렇게나 많이 흡수했으니 이제 소화할 시간을 가져야만 할 것이다.

'본신은 잘 지내고 있나?'

─같은 영혼을 가지셨으니 실시간으로 경험을 공유하는 거 아닌가요?

앙헬은 이런 질문은 생각도 하지 못한 듯 당혹스러운 얼굴로 물었다.

'아니다. 본신의 의지로 타인처럼 영혼의 연결을 최저 수

준으로 했다.'

─그랬군요.

이제야 왜 분신이 본신의 상황을 물어보는지 이해한 앙헬은 자신이 알고 있는 모든 것을 상세하게 알려 주었다.

'잘 지내는 것 같아서 기분이 좋군. 그럼 앙헬도 모둔처럼 인간체가 되어 본신과 함께할 생각이야?'

─그러고 싶은데 지구는 제가 힘을 키우기 힘든 환경이라서 어떨지 모르겠어요.

'다음에도 이런 기회가 오면 꼭 부르도록 하지. 대신 본신을 잘 돕도록 해.'

다른 정령들은 자신과 함께 있으니 앙헬이라도 본신을 많이 도왔으면 좋겠다.

─걱정하지 마세요. 저는 단순히 주인님의 노예가 아니라 주인님을 사랑하는 여자이기도 하니까요. 그리고 지구는 물리적인 힘보다는 벼리나 저와 같은 존재가 더 큰 힘을 발휘할 수 있어요.

그렇기에 본신도 앙헬만 곁에 두는 것이겠지만 자신에 비해서 전반적으로 능력이 낮은 본신이 걱정스러웠다.

'아무래도 영술을 전해 줘야겠어.'

검술이나 마법과 달리 기초 영술은 초능력과 비슷하기에 지구에서도 유용하게 사용할 수 있을 것 같았다.

그래서 가온은 앙헬 편에 기초 영술 몇 가지를 들려서 보냈다.

그렇게 앙헬이 사라진 후 가온은 남은 결계진을 보고 잠시 고민을 하다가 스노족 원로인 하케인을 소환했다.

"헤루스, 무슨 일입니까?"

모둔의 지도를 받아서 영술을 수련하는 결계술사들과 함께 지내던 하케인 원로는 예기치 않았던 소환에 깜짝 놀란 얼굴이었다.

"혹시 호수 주위에 펼쳐진 결계진을 알아보겠습니까?"

"결계진요?"

"한번 확인해 보십시오."

하케인은 호숫가를 따라 이동하면서 초대형 결계진의 존재를 확인하더니 꼼꼼하게 살피기 시작했고, 한 시간 정도가 지나서야 가온이 있는 곳으로 귀환했는데 얼굴이 붉게 상기되어 있었다.

"정말 결계진이 있군요."

"원리나 효과를 확인했습니까?"

"네. 마정석과 같은 에너지원이 아니라 인간이 직접 해당 위치에 자리를 잡고 특정한 힘을 진에 투사하는 것으로 발동하는데, 특정한 힘을 한곳에 집중시키는 비교적 단순한 대형 결계진입니다."

결계진 자체는 그다지 특별하지 않은 모양이다.

"그럼 호수 가운데 위치한 바위까지 한번 살펴보십시오."

가온은 하케인과 함께 호수를 걸어 들어가서 자신이 앉아 있었던 바위를 살펴보게 했다.

굳이 자신이 흡순석이라고 이름을 붙였다는 얘기까지는 할 필요가 없었다.

하케인은 바위 곳곳을 살펴보고 마나는 물론 영력까지 주입해 보더니 뭔가 알아냈다는 듯 고개를 끄덕였는데 경악한 얼굴이었다.

가온은 하케인이 흡순석을 조사 분석한 설명을 기다렸다.

"이 바위는 결계의 코어이자 결계진을 통해서 모은 힘 또는 에너지를 순화시켜서 다시 방출하는 역할을 합니다."

가온은 흡순석이 차원석에서 특정한 에너지를 방출하는 역할을 한다고 생각했지만 불순한 에너지를 흡수해서 순수한 형태로 방출하는 기능도 가지고 있었다.

"다만 이상한 점은 같은 양이 아니라 수십, 아니 수백 배에 달하는 동종의 에너지를 방출한다는 점입니다. 그것도 극도로 순수한 에너지를 말입니다."

역시 은퇴를 했지만 오랫동안 스노족 결계술사의 정점에 있었던 인물답게 짧은 시간에 이 바위의 능력을 파악했다.

"하지만 이상한 점이 있습니다. 하나는 이 바위 자체는 에

예자뭉으로
히든랭커

너지를 모으거나 증폭할 수 없습니다. 두 번째는 이 바위가 거대한 영석이라는 점입니다."

"이 거대한 바위가 영석이란 말입니까?"

"네. 확실합니다. 영력을 주입하면 면 한쪽에는 엄청난 흡입력이 발생하고 다른 쪽은 흡입한 에너지를 방출하는데 흡수한 에너지는 바위 내부에 있는 수없이 많은 구멍을 통과하면서 불순물이 떨어져 나가서 아주 순수한 에너지를 방출하는 것 같습니다. 다만 이 영석의 기능을 발휘하려면 영력을 주입해서 활성화를 시켜야만 합니다."

하케인의 설명을 들은 가온은 비로소 마족과 다크엘프족이 이 거대한 바위를 이용해서 순도 높은 마기를 만들어 냈다는 것까지는 이해할 수 있었다.

"내가 직접 결계진을 발동한 다크엘프족에게 들은 바로는 차원석이 함유하고 있는 마기를 끌어내기 위해서 결계진과 이 영석을 사용했다고 합니다."

"아! 그럼 이 영석의 바닥에는 차원석이 있습니까?"

"그렇다고 들었습니다."

"그럼 이해가 갑니다. 지난번에 헤루스께 들은 바대로 차원석이 다양한 에너지가 고농도로 압축되어 섞여 있다면 결계진과 이 거대한 영석을 이용해서 특정한 에너지만 뽑아낼 수 있습니다."

"어떻게 말입니까?"

"결계진과 동종의 에너지를 이용해서 차원석이 품고 있는 특정한 에너지에 충격을 주고 영력을 주입해서 활성화시킨 이 영석을 통해서 그 에너지를 흡수해서 순화시켜 방출하는 원리입니다. 다만 그러기 위해서는 실로 엄청난 에너지와 굉장히 수준 높은 결계진이 필요합니다. 영석의 기능을 활성화시키는 데는 영력이 크게 필요하지 않지만 말입니다."

생각해 보니 익스퍼트 중급 이상의 다크엘프족과 마족 600여 명이 체내에 축적하고 있는 마기의 9할 정도로 꾸준하게 결계진에 주입했으니 마기의 양은 상상 이상으로 엄청났다.

'그 정도는 되어야만 차원석에서 특정한 에너지를 뽑아낼 수 있었겠지.'

"그렇다면 우리도 활용할 수 있는 겁니까?"

"네! 그렇게 수준이 높은 결계진도 아니고 중요한 건 차원석에서 원하는 에너지를 뽑아낼 수 있는 이 거대한 영석과 이 영석을 활성화시킬 수 있을 정도로 엄청난 양의 에너지입니다. 누가 이런 식으로 가공했는지는 몰라도 이 영석에 나 있는 수없이 많은 구멍들은 아주 수준이 높은 결계진을 형성하고 있습니다."

하케인은 그렇게 설명을 하면서 연신 탄성을 지를 정도로 거대한 영석에 크게 감탄했다.

"영석 내부의 결계진은 알아볼 수 있습니까?"

"그게, 사실 내부를 전혀 들여다볼 수가 없기 때문에 결계 진을 분석하려면 꽤 오래 연구를 해야 할 것 같습니다."

대답은 그렇게 했지만 시간만 주어지면 흡순석의 결계진 을 제대로 파악할 수 있다는 자신감이 담겨 있었다.

'이 영석과 기존에 설치가 된 결계진을 이용하면 전사들은 물론이고 마법사들에게도 큰 도움이 되겠어!'

각고의 노력이 아니더라도 아니테라의 전력을 한 단계 높 일 수 있는 절호의 기회였다.

세 시간 후 전단원이 다시 호수로 집결했다.

"다크엘프족 5천여 명과 마족 3천여 명을 척살했으며 아무 도 던전을 빠져나가지 못했습니다."

"마족은 물론이고 놈들이 거주하던 동굴이 있는 언덕을 아 예 붕괴시켰습니다. 마물들은 사령술사들이 소환한 언데드 의 조력을 받아서 정리를 했고요."

"다크엘프족은 물론이고 그들이 거주하던 숲 전체를 모조 리 불태웠습니다."

세 전단은 무사히 임무를 완수했다. 피해는 사망 3명, 중 경상자 33명이었는데, 막강한 전력에 지형적인 이점을 가지 고 있었던 마족과 다크엘프족을 깡그리 몰살시킨 것에 비하 면 가벼운 수준이었다.

"모두 고생했다! 아니테라로 돌아가지 말고 이곳에서 쉬면서 대기하도록!"

던전 공략이 끝나면 당연히 아니테라로 귀환했었기에 단원들은 좀 놀랐지만 뭔가 이유가 있을 거라고 생각해서인지 큰 동요는 없었다.

단원들이 삼삼오오 모여서 이번에 치른 전투를 화제로 대화를 나누거나 자신만의 방식으로 휴식을 취하는 동안 가온은 추가로 전단원 200여 명을 더 소환해서 결계진에 대한 설명을 해 주었다.

"그럼 차원석에서 마나를 뽑아낼 수 있단 말인가요?"

가장 빨리 이해한 시르네아가 경악했다.

"그럴 가능성이 아주 높다. 그러니 각자 마족과 다크엘프이 앉았던 자리에 앉아서 신호를 하면 결계진에 마나를 방출하도록 해."

가온은 그렇게 단원들을 결계진에 포진시킨 후 자신은 호수 중앙에 있는 흡순석으로 날아가서 신호를 내렸다.

파스스스.

느껴진다. 결계진을 통해 거대한 구렁이처럼 뭉친 마나 줄기가 흡순석으로 향하는 것이다.

흡순석에 영력을 주입하자 얼마 후 흡순석의 구멍을 통해서 마나가 나오기 시작했는데 얼마나 농후한지 해저화산이 폭발한 것처럼 뭉클뭉클 올라왔다.

마나는 일부는 호숫물에 녹았고 나머지는 물 위로 올라와서 안개처럼 퍼지기 시작했다.

흡순석에 주입하는 영력을 초당 1천까지 올렸더니 호수는 금방 안개로 가득 찼다.

그 정도로 엄청난 양의 마나가 흡순석을 통해 방출된 것이다.

'내 마나보다 더 순수한 것 같네.'

마나를 자신의 것으로 만드는 순화 과정은 필요하겠지만 흡순석을 통해 나오는 마나의 순도는 처음 접할 정도로 높았다.

흡순석에 주입하는 영력의 양을 더욱 늘리자 얼마 후에는 결계진 내부에 마나가 가득 차서 안개가 아니라 응결이 되기 시작했다.

"이제 마나 방출을 멈추고 반대로 마나를 흡수한다!"

가온의 명령에 단원들은 비웠던 자리를 다시 채우기 시작했는데, 마나의 순도에 크게 놀랐다.

너무나 유순하게 마나로드를 따라 순환하는 마나는 이전보다 훨씬 더 빠르게 의념에 반응해 온 것이다.

30분 정도가 지나자 단원 대부분이 한계까지 마나를 채울 수 있었다.

마나오션은 그대로이기 때문에 더 이상은 흡수할 수 없었다.

방출하고 흡수한 마나의 총량은 거의 비슷했지만 마나의

순도에서 크게 차이가 나기 때문에 발휘할 수 있는 출력은 엄청난 차이가 났다.

이전에 비해 양을 3할가량 줄여도 스킬의 위력은 거의 동일할 정도로 말이다.

그렇게 이번 던전 공략에서 가장 큰 공을 세운 이들이 물러나자 다음 순번의 단원들을 소환해서 그 자리를 채웠고, 결계진에 마나를 주입했다가 시간이 되면 차원석과 흡순석을 통해 순도가 높은 마나를 흡수해서 자신의 것으로 만드는 과정이 반복되었다.

비록 시간은 많이 걸렸지만 전단원 모두가 깜짝 놀랄 정도의 기연이었다.

전사들만 수혜를 받은 것은 아니다.

마법사들 역시 수혜를 받았는데, 대신 시간이 많이 소요되었다.

마력은 마나를 정제한 힘이었기에 어쩔 수가 없었다.

이틀에 걸쳐서 아니테라 전단의 전사와 마법사 들이 결계진의 수혜를 받았는데, 제외된 이들이 있었다. 바로 최근 영술사로 전직한 스노족 결계술사들이었다.

흡순석의 상태를 확인한 가온은 다시 하케인을 불렀다.

"결계진을 축소할 수 있겠습니까?"

전사와 마법사는 600명이 넘어서 결계진을 작동시키는 데 아무런 문제가 없었지만 영술사들은 달랐다. 다 합쳐 봐야

450명 정도였기 때문이다.

"결계진의 구조는 크게 복잡하지 않으니 가능합니다."

"그럼 개조해서 새로운 포인트를 지정해 주십시오. 결계를 칠 인원은 450명입니다."

"최대한 빨리하겠습니다!"

하케인은 큰소리를 친 만큼 큰 난관 없이 해당 임무를 완수했고, 다른 상급 결계술사들과 함께 새로운 결계진의 포인트를 확정해서 아예 방석 모양으로 가공한 돌을 놓았다.

그렇게 준비가 되자 모둔을 위시한 영술사들이 소환되었다.

영술사들은 이미 아니테라 전역에 퍼진 소문을 통해서 마나 집적진과 유사하지만, 차원석에서 엄청난 순도의 에너지를 뽑아낼 수 있는 결계진과 그 효과에 대한 이야기를 듣고 기대를 하고 있는 중이었다.

가온에게 직접 연공술을 전수받아서 일곱 개 이상의 영규를 뚫었던 상급 결계술사들은 이미 모둔의 전폭적인 지원을 통해 다른 결계술사들이 영술사로 전직하는 과정을 맡아서 지도했다.

모둔을 위시한 영술사들이 지정된 자리에 좌정을 하고 앉아서 자신의 신호에 맞추어 영력을 방출하자 가온은 왼손으로는 흡순석에, 그리고 오른손으로는 결계에 자신의 영력을 방사했다.

'전사나 마법사와 달리 영술사들은 이제 막 시작 단계여서 보유한 영력이 턱없이 부족해!'

모둔과 13명을 제외하면 나머지 영술사들은 기껏해야 영규를 한두 개 뚫은 수준에 불과했다. 그러니 보유한 영력이 턱없이 부족했다.

얼마 지나자 않아서 영술사들은 쌓은 영력을 거의 대부분 결계진에 주입했고 심한 탈력감에 시달렸다.

그때 가온이 외쳤다.

"이제 영력 방출을 멈추고 연공을 통해서 영력을 흡수해서 영규를 뚫도록!"

영규를 뚫는다는 것은 그곳에 영력을 채운다는 의미와 동일하게 때문에 기회가 왔을 때 최대한 많이 영규를 뚫어야만 했다.

영술사들은 마른 논밭이 물을 먹듯 무서운 기세로 영력을 흡수하기 시작했다.

결계진 내부는 영력이 아주 농후해서 물안개처럼 느껴질 정도라 겨우 영석을 쥐고 연공을 하는 것과는 차원이 달랐다.

가온은 모둔에게 의념을 보내 이곳에서 익힌 창랑 연공술을 전수했다.

-어멋! 창랑 연공술에 비하면 레겐탈에게 받은 연공술은 기초 수준이었네요.

모둔은 금방 창랑 연공술의 우수성을 알아보고 바로 연공에 들어갔다.

가온 역시 연공을 시작했는데 얼마 되지 않아서 새로운 영규들이 속속 열렸고 순수하고 농후한 영력은 소용돌이치듯 영규 안을 채웠다.

모두 시간의 흐름조차 인식하지 못하고 영력 연공을 시작한 지 반나절이 훌쩍 지났다.

"하아!"

누군가 탄식을 하며 연공을 멈추었다.

'13개가 한계네!'

순수하고 농후한 영력의 보고(寶庫)인 결계진 안에 있으면서도 자신의 능력으로는 더 이상의 영규를 열 수가 없었다.

그를 시작으로 하나둘 연공을 멈추었는데 하급 결계술사들이었다.

의식의 힘이 약한 그들은 짙은 아쉬움과 뿌듯함이 교차하는 얼굴로 부러운 듯 아직도 연공에 빠진 이들을 쳐다보았다.

하지만 잠시 후 자신의 몸을 관조한 그들의 얼굴에는 희열이 가득했다.

영규를 뚫은 효과를 몸으로 생생하게 실감할 수 있었기 때문이다.

사지와 두부(頭部)에 두 개 이상의 영규를 연 효과는 대단했다.

마치 새가 된 것처럼 몸이 가벼웠고 근육에는 힘이 가득했으며, 정신적인 능력이 크게 올라갔음을 느낄 수 있었다.

아직 영술은 배우지 못했지만 지금 상태만으로도 더 높은 수준의 결계술을 펼칠 수 있을 것 같으니 기쁠 수밖에 없었다.

단시간에 막대한 영력을 얻은 기연에 기뻐하는 영술사들에게 가온의 의념이 전해졌다.

'영규를 더 열 수는 없지만 영력은 오랜 육체 활동으로 인해 생긴 불순물을 제거하고 균형을 찾아 줄 수 있으니 계속 연공을 하도록!'

가온의 의념을 들은 영술사들은 화들짝 놀라서 다시 연공에 들어갔다.

다들 지금 이 기회가 다시 경험하기 힘든 기연임을 새삼 느꼈기 때문이다.

그리고 다시 세 시간 정도가 흘렀을 때 본래 중급 결계술사였던 이들이 하나둘 연공을 멈추었는데, 그들의 몸은 잠깐이지만 눈으로 볼 수 있을 정도의 빛을 발산하고 있었다.

영력으로 가득 찬 영규에서 방출되는 영광(靈光)이었다.

적게는 18개에서 많게는 25개의 영규를 뚫은 그들은 본래 하급 결계술사들과 함께 영력 연공술을 배웠지만, 결계술을 익히면서 자연스럽게 강해진 의심의 힘 덕분에 더 많은 영규를 뚫을 수 있었다.

그들 역시 영규를 뚫은 효과를 생생하게 확인하고 뛸 듯이 기뻐했다가 가온의 지시에 다시 연공에 들어갔다.

다시 세 시간이 더 지나 열세 명이 몇 분 차이로 연공을 멈추었다.

본래 상급 결계술사로 가온의 지도를 받아서 영술사가 되었으며 다른 영술사들에게 연공술을 가르친 이들이었다.

그들의 몸은 잠시 휘황한 빛에 휩싸였는데 이전에 뚫은 영규까지 합해서 40개 전후의 영규가 영력으로 가득 차면서 방출된 영광이 빛무리처럼 몸을 감싼 것이다.

그들 역시 새로 뚫은 영규에서 느껴지는 농축된 영력의 힘과 개조된 것 같은 몸 상태에 기뻐하다가 가온의 의념을 전해 받고 다시 연공에 들어갔다.

다시 세 시간 정도가 지나자 모둔이 아쉬운 얼굴로 연공을 멈추었다.

'정확하게 101개네.'

가온에 비하면 어림도 없는 숫자였지만 그래도 모든 에너지에 대해서 최고의 친화력을 가진 육체의 주인공답게 엄청난 기연을 얻은 것이다.

그렇게 모둔이 연공을 멈추자 가온은 결계진 내부에 있는 영력을 마치 괴수처럼 포식하기 시작했는데, 그의 몸으로 빨려들어 가는 영력의 흐름이 얼마나 빠른지 마치 소용돌이처럼 보일 정도였다.

그렇게 흡수한 영력의 양은 어마어마했지만, 추가로 뚫은 영규는 의외로 적어서 이전의 것을 합해서 모두 407개였다.

'영력에 비해서 추가로 뚫은 영규는 많지 않지만 창랑 연공술 덕분에 영규에 더 많은 영력을 쌓을 수 있었어.'

창랑 연공술의 요체 중 하나는 영력을 회오리바람처럼 만들어서 영규에 더 많은 양을 쌓는 데 있었다. 그렇기에 영력의 양에 비해서 추가로 뚫은 영규가 많지 않았다.

그렇게 영술사들에게까지 기연을 얻게 해 준 가온은 곧 아니테라로 건너가서 영술을 전수하겠다고 약속하고 그들을 아니테라로 보냈다.

이제 남은 것은 맑아진 호숫물과 빠르게 부서지고 있는 흡순석밖에 없었다.

'아쉽네!'

흡순석의 비밀을 알지 못하는 이상 이런 기회는 다시 오지 않을 것이다.

가온은 혹시 몰라서 다시 갓상점에 접속해서 흡순석을 판매하는지 확인해 봤지만 리스트에는 아예 없었다.

'이렇게 되면 경매에 올라오는지 주기적으로 체크를 해야겠네.'

가온은 아직도 마법 연구에 푹 빠져 있는 벼리에게 흡순석에 관련된 일을 맡기는 것으로 흡순석에 대한 미련을 버렸다.

던전 밖으로 나오자 기다렸던 안내음이 연속해서 들려왔다.

'3레벨 상승과 200만 명예 포인트를 제외하면 쓸 만한 보상은 스킬 진화권밖에 없네.'

이전에 받았던 스킬 진화권이 아니라 선술 혹은 영술을 진화시킬 수 있는 진화권이었기에 아쉬움은 덜했다.

가온은 잠시 고민하다가 오랫동안 요긴하게 사용해 온 선와술을 정급에서 병급으로 진화시켰다.

'바뀐 점이 있네.'

3성이 된 선와술로는 120미터 이내의 원하는 지점에 반경 40미터의 흡수력을 가진 소용돌이를 형성할 수 있었는데, 병급이 된 선와술은 1킬로미터 이내의 원하는 지점에 반경 300미터의 흡수력을 가진 소용돌이를 형성할 수 있게 되었다.

대신 초당 10만이라는 무시무시한 영력을 소모해야 하지만 선와술의 위력이 급증한 것은 사실이다.

'대규모의 적을 상대로 유용하겠어!'

특히 마충과 같은 종류에는 그 어떤 수단보다 효과적일 것으로 생각되었다.

'갑급이면 대체 어떤 위력을 발휘할까?'

생각만으로도 소스라치게 놀랄 정도로 대단할 것이다.

'이런 선술을 펼칠 수 있는 강자들이 차원에 존재한단 말이지.'

차원에 대해서 알면 알수록 가슴이 쪼그라든다. 이제 명실상부한 그랜드 마스터가 되었지만 세상은 넓고 강자는 많았다.

'그래도 아이테르 차원의 의뢰를 수행하면서 나뿐 아니라 아니테라 전체의 전력이 크게 높아졌어.'

그것만으로도 지루할 정도로 긴 의뢰를 수행하고 있는 보람이 있었다.

'이제 정말 얼마 안 남았어!'

레겐탈이 말한 던전 네 개만 더 클리어하면 의뢰를 완수할 수 있을 것은 확실했다.

'이젠 좀 쉬자!'

자신은 물론이고 이번에 기연을 얻은 아니테라의 모든 구성원들에게 시간이 필요했다. 급증한 에너지에 적응해야만 했기 때문이다.

그렇게 던전 보상을 확인하던 가온은 자신을 향해 몰려오는 거대한 독사들의 움직임을 감지했다.

'이놈들이 남았군.'

가온은 굳이 손을 쓰기가 귀찮아서 바로 날아서 섬을 벗어나려고 했지만 이내 움직임을 멈추었다.

'병급이 된 선와술의 위력을 한번 확인해 보자!'

가온은 바로 앞까지 접근한 거대한 독사 수십 마리를 대상으로 선와술을 펼치는 동시에 이제 막 생성되는 소용돌이의 한쪽 끝은 메뚜기와 흰개미 마충 아공간으로 설정했다.

고오오오!

반경이 300미터에 이르는 소용돌이 바람은 엄청난 흡수력으로 이제 막 공격할 태세를 갖춘 거대한 독사들을 단번에 빨아들였는데, 한자리에 멈추지 않고 이동을 하면서 섬에 있던 독사들을 풀과 나무와 함께 빨아들여서 마충 아공간으로 보내 버렸다.

선와술을 멈추고 마충 아공간을 확인해 보니 메뚜기 마충과 흰개미 마충들이 엄청난 흡수력에 제정신을 차리지 못하는 거대한 독사들의 몸에 달라붙고 있었다.

그리고 얼마 지나지 않아서 거대한 독사들은 비늘은 물론 뼈조차 남기지 못하고 사라져 버렸다.

'엄청난 식욕이네.'

식욕은 물론 뭐든 씹어먹을 수 있는 강력한 이빨을 가지고 있는 메뚜기 마충이나 흰개미 마충들에 비하면 지구의 피라냐는 상대도 되지 않는다.

아이테르 차원에 그야말로 격변이라고 할 수 있는 변화가 일어났다.

타이탄을 무기로 막강한 영향력을 행사하던 콰드라스 카르도가 해체되었고 그중 타이탄 전력이 최강이었던 알붐 마탑이 힘을 잃었다.

이유는 간단했다.

정체불명의 적에게 공습을 당했는데 마탑의 상징이라고 할 수 있는 마탑 건물은 물론 타이탄 생산 시설과 엄청난 양의 재료와 기생산 된 타이탄을 보관하는 대형 창고들까지 모두 가루가 되어 버렸기 때문이다.

치명적이라고 할 수 있는 피해를 입었음에도 알붐 마탑은 그동안 쌓아 두었던 엄청난 재원을 활용해서 마탑 재건축과 타이탄 생산 시설 재건 그리고 타이탄 재료의 추가 구입을 추진했다.

칼리판 마탑주는 천문학적인 자금이라면 금방 예전의 성세를 복구할 수 있다고 자신하며 마법사들을 채근했지만 그들이 마주한 현실은 녹록하지 않았다.

일단 재건에 치명적인 소문이 빠르게 퍼졌다.

콰드라스 에스트레는 허울이고 실제로 타이탄을 한정적으로 생산함으로써 지금의 위태로운 상황을 만들고, 수많은 시티와 마탑을 상대로 위세를 부린 주체가 알붐 마탑이었다는 내용의 소문은 콰드라스 에스트레를 향한 일반 시티와 마탑들의 증오의 화살을 알붐 마탑으로 한정시켰다.

게다가 앨붐 마탑을 제외한 기존 콰드라스 에스트레의 세 마탑은 아니테라 시티와의 협상을 통해서 건설용 타이탄과 마법사용 타이탄의 설계도를 넘겨받아서 생산에 돌입했으며, 알파급과 베타급 타이탄을 증산해서 원하는 시티에는 수량을 한정하지 않고 판매하겠다고 천명했다.

옥토 에스트레로 불렸던 여덟 마탑은 이미 공표한 대로 기가스를 생산해서 매주 경매를 통해서 판매하고 있는데, 만족스럽지는 않지만 타이탄 구매가 급한 시티나 마탑 들은 다소 높은 자금을 감수하면 충분한 수량을 구입할 수 있었다.

게다가 총 300개에 해당하는 시티나 마탑 들이 아니테라 측과의 협상을 통해서 기가스 설계도를 넘겨받고 곧 생산에 들어갈 것이며 이 또한 경매를 통해서 자격 제한 없이 판매할 거라는 정보가 빠르게 퍼지고 있었다.

이와 별도로 아니테라 시티는 현재도 이틀 간격으로 소규모 권역의 중심지에 해당하는 시티를 방문해서 건설용 타이탄을 판매하는 동시에 타이탄 경매를 열고 있는데 규모가 알파급 30기에 기가스 300기에 달해서 타이탄 부족 현상은 빠르게 개선되고 있었다.

이런 식의 경매와 기가스 설계도를 대상으로 한 협상은 현재 모둔이 맡아서 진행하고 있었는데 호위 인원이 엄청나서 누구도 감히 건드릴 엄두를 내지 못할 정도였다.

다만 소문에 제외된 내용도 있었다.

아니테라 측이 기가스 설계도 대금에, 시장 일가에 전승되는 영술을 포함했다는 내용과 경매가 아닌 시티와의 직거래에서 대금 중 일부를 영술로 받고 있다는 사실이었다.

이렇게 타이탄 공급에 숨통이 트이자 시티들은 권역별로 빠르게 발전하기 시작했다.

일단 건설용 타이탄이 그런 성장에 엄청난 역할을 했다. 대규모 호위 타이탄을 대동한 건설용 타이탄은 10개에서 30개로 구성된 시티 권역을 종횡으로 가로지르는 동맥과도 같은 마차로를 건설한 것이다.

아직 타이탄 공급이 충분하지 않아서 안전하다고 할 수는 없지만, 시티를 이동할 때 기본적으로 한두 달이 걸리는 일정이 마차로 건설로 인해서 이삼일 일정으로 바뀌자 물류의 유통이 원활해진 것은 물론 물가까지 내려가서 시민들의 삶의 수준이 크게 높아졌다.

거기에 경매를 통해서 알파급과 기가스급 타이탄을 보유하게 된 용병단들이 본격적으로 사냥을 하고 던전을 공략하면서 마수와 몬스터 부산물 시장은 물론 아이템 시장까지 급격하게 팽창해서 경제 규모가 커지고 있었다.

당연히 마법사와 장인의 수요는 폭증했고, 실력이 검증된 이들에 대한 처우는 비약적으로 높아졌다.

기가스를 생산하기로 예정된 시티들은 물론이고 마탑과 시티 들이 높은 보수를 약속하면서 다투어 마법사와 장인을 구하기 시작한 것이다.

상황이 이렇게 변하다 보니 알붐 마탑에 묶여 있던 마법사들과 장인들이 가장 크게 흔들렸다.

이제 더 이상 알붐 마탑은 아이테르 차원에서 가장 강력한 마탑이 아니었기 때문이다.

하루가 다르게 마법사와 장인이 이탈했지만 알붐 마탑은 그런 움직임을 막을 수가 없었다.

마탑의 상층부를 구성하는 원로들마저 이탈하는 상황이었기 때문이다.

타이탄 재료를 추가로 구입하는 부분에서도 제동이 걸렸다.

이미 많은 마탑과 시티에서 재료를 쓸어 담아 간 것이다.

가격을 높여 그런 물량을 빼앗으려고 해도 그간 해 왔던 갑질로 피해를 입었던 시티들은 거래를 빌미로 응하지 않았다.

게다가 건설 인력을 구하는 부분도 문제가 생겼다.

하룻밤 사이에 시티의 방호 마법진들은 물론 마탑 자체의 방호 마법진들까지 부숴 버린 무지막지한 공습에 대한 위험을 느낀 사람들이 고용되길 극도로 꺼린 것이다.

알붐 마탑의 칼리판 탑주는 이제까지 막강한 영향력을 휘둘렀던 만큼 위협을 서슴지 않았지만 큰 효과는 없었다.

두 차례의 뺄깃과 공습으로 인해 붕괴된 알붐 마탑의 타이탄 전력은 이미 널리 알려진 것이다.

그렇게 아이테르 차원이 급격한 변화를 맞이하고 있을 때 기연을 갈무리한 아니테라의 전력은 마지막 움직임을 시작했다.

차원 의뢰 완수

레겐탈이 아이테르 차원에서 가장 강력한 전력인 미트라 전단이 공략할 수 없다고 판정한 다섯 개의 던전 중 남은 건 세 개였다.

'마족 던전이 둘, 호수 중앙에 있는 던전이 하나가 남았군.'

가온은 마족 던전들은 아니테라 전단에 맡기기로 했다.

자신이 직접 나서지 않으면 상당한 피해를 입을 수도 있지만 보호해 주는 것은 여기까지다.

'일정 수준을 넘긴 전사가 더 강해지려면 생사의 위기를 경험해야 해.'

이 점을 전단 수뇌부에도 주지시켰는데 걱정했던 것과 달리 그들 역시 가온의 생각에 동의하고 있었다.

아무리 실전처럼 대련을 한다고 하더라도 대련은 대련일 뿐이라는 점을 그들도 잘 알고 있었기 때문이다.

'예상하기는 하지만 큰 피해는 입지 않을 것 같네.'

마족과 다크엘프족이 보스였던 습지 던전에서 아니테라 전단의 전력은 그야말로 급상승했다.

당장 대전사장만 해도 총 63명으로 증가했다.

무려 25명이나 경지를 뚫고 소드 마스터가 된 것이다.

순수하고 농후한 마나를 흡수해서 자신의 것으로 만드는 것만으로도 그런 효과가 있었기 때문이다.

전사장의 숫자도 늘어났지만 가장 경악스러운 변화는 전사들에게 있었다.

'초급 전사가 겨우 328명밖에 안 된다고?'

무려 3천이 넘는 초급 전사가 중급 혹은 상급 전사로 승급한 것이다.

아무리 마나양에 크게 좌우되는 소드유저 경지라고 해도 이렇게 많은 전사가 승급을 한 것은 믿기지 않았다.

아무튼 그래도 아니테라의 입장에서 보면 경사였다.

그래서 새롭게 대전사장이 된 전사들에게는 감마급 타이탄을 지급하고 전사장이 된 이들에게도 베타급 타이탄을 지급했다.

승급한 전사들에게도 알파급 타이탄을 지급해야 하지만

아직 충분한 수량을 확보하지 못했고 지금 당장 기가스에서 알파급으로 바꾸면 전투력에도 영향이 있을 것으로 예상되어 그 부분은 뒤로 미루었다.

전사단의 전력만 급상승한 것은 아니다.

아레오와 아나샤가 포함된 마법사단이나 모둔이 고문으로 포함된 영술사단 그리고 엔릴이 이끄는 사령술사단 역시 엄청난 전력 상승을 이루었다.

그렇기에 안심하고 마족 던전의 공략을 맡길 수 있는 것이다.

가온은 먼저 두 던전부터 차례로 정찰했다. 물론 카오스를 포함한 정령들이 적극적으로 나섰다.

정찰 결과 두 던전은 비슷한 난이도를 가지고 있었다.

한 곳은 1만 규모의 다양한 종족의 마족들을 수하로 거느린 마계 서열 6만 위권의 남작급 마족이 보스였고, 다른 한 곳은 마화된 마수와 몬스터 10여만 마리를 거느린 비슷한 서열의 마족이 보스였다.

보스들의 실력은 시르네아나 롭 등 상급 소드 마스터가 된 대전사장들이라면 충분히 상대할 수 있었다.

가온은 전단 수뇌부를 소집해서 논의한 결과 전력의 3분의 2를 남작급 마족이 보스인 던전에, 그리고 나머지 3분의 1과 사령술사단을 다른 던전에 배정했다.

그렇게 두 개의 전단을 편성해서 각각의 던전 앞에 소환한 가온은 결과를 확인하지 않고 칼레라 호수로 향했다.

　칼레라 호수는 위에서 내려다보면 원형으로 직경이 100여 미터 정도로 큰 규모는 아니었지만, 대형 강 세 개가 만나서 이루어졌기에 수상 운송에 아주 중요한 역할을 했었다.

　호수 중앙에는 호수와 이름이 같은 칼레라섬이 있는데, 던전이 생기기 전까지만 해도 소형 시티가 있었으며 풍부한 어종을 바탕으로 어업이 발달했고 강을 통한 중개 무역이 성행했던 곳이라고 했다.

　잘 부서지는 재질의 바위들이 넓게 펼쳐져 있어 인간의 발길이 닿지 않던 섬 북쪽의 깊은 곳에 던전이 생긴 시기는 대략 100여 년 전이며 곧바로 던전 브레이크가 발생해서 시티 측은 공략을 포기하고 뿔뿔이 흩어지고 말았다.

　'던전에서 나온 마수는 거인형 어인족이라고 했지.'

　하반신은 어류의 그것을 가지고 있으며 상반신은 인간과 유사한 어인족은 쾌속선의 속도를 능가하는 수영 실력과 키가 3무에 육박하고 물의 정령처럼 물을 지배하는 능력을 가지고 있어 순식간에 드넓은 칼레라 호수의 주인이 되었다.

　피시스 렉스라고 불리는 이 어인족은 성정이 흉포할 뿐 아니라 인간을 잡아먹기 때문에 호수와 연결되는 세 개의 강을 따라 움직이며 강을 기반으로 살아가는 수많은 시티들의 숨통을 지금까지 옥죄여 왔다.

놈들은 배의 바닥에 구멍을 뚫어 침몰시키거나 수가 많을 때는 아예 배 위로 올라와서 사람들을 공격해서 살육을 벌이는 방식으로 수운(水運)이나 어로 행위를 불가능하게 만들었는데, 시티들은 마땅한 대책을 강구하지 못했다.

타이탄으로도 사냥하기가 힘들 뿐 아니라 소드 마스터라고 해도 물에서 자유롭게 운신을 할 수 없는 한, 물속에서 자유자재로 이동하고 움직이는 피시스 렉스를 사냥할 능력이 없었기 때문이다.

그나마 강폭이 좁고 수심이 낮은 상류 쪽에서는 마법사를 포함한 전력으로 놈들을 어떻게든 사냥할 수 있었지만, 그 외의 지역에서는 온갖 수단을 써 봤으나 한 번도 효과적인 사냥이 이루어지지 않았다고 했다.

'확실히 일반적인 수단으로 처리하기가 힘들긴 하겠군.'

놈들의 주 서식지인 칼레라 호수의 규모도 그렇고 설사 사냥이 가능하다고 해도 배보다 더 빠르게 강 쪽으로 도망을 치면 잡기가 어려웠다.

하지만 가온은 자신이 있었다.

'내게는 인어의 후예라는 칭호가 있지.'

인어의 후예 칭호의 효과는 이런 상황에 아주 유효했다.

모든 수생 생물을 상대로 전투력이 30% 상승할 뿐 아니라 입수할 경우 아가미와 물갈퀴가 생성되어 물속에서도 뭍에서와 마찬가지로 편하게 호흡하고 움직일 수 있었다.

'거기에 내게는 카오스까지 있지.'

일부가 부족해서 아직 육체를 구현하지 못하지만 카오스는 모든 속성력을 가지고 있다. 즉 물속에서도 물의 정령보다 더 높은 능력을 발휘할 수 있는 것이다.

'던전부터 정리를 할까 아니면 이미 나와서 적응한 놈들부터 사냥을 할까?'

잠시 고민하던 가온은 마음을 정했다.

진화를 거듭한 덕분에 물속에서도 엄청난 면적을 단번에 정찰할 수 있는 능력을 가지게 된 카오스와 함께 움직인다면 피시스 렉스를 던전이 있는 섬으로 모는 것은 어렵지 않을 것이다.

이번 던전 공략을 위해 20만 포인트를 들여서 새로운 아이템 하나를 구입했다.

'트리플 블레이드 스크루를 장착한 효과부터 확인해 봐야지.'

트리플 블레이드 스크루는 벼리가 가온 대신 갓상점을 뒤져서 고른 아이템인데 두 발바닥에 장착하며 세 개의 날개를 가지고 있는 스크루였다.

발바닥에서 마나를 방출해서 날개를 회전시켜 물속에서 이동할 수 있는 추진력을 얻는다.

가온은 호수와 연결되는 세 개의 강 중 하나를 고른 후 피시스 렉스가 운신하기 어려운 상류까지 올라가서 트리플 블레이드 스크루를 장착한 후 물속으로 들어갔다.

물속으로 들어가는 순간 손가락과 발가락 사이에 물갈퀴가 생겼고 귀의 뒷부분에 생경한 기관이 생기는 것을 느낄 수 있었다.

그건 바로 물속에서도 호흡을 할 수 있게 해 주는 아가미였다.

가온은 잠시 발바닥에 장착한 트리플 블레이드 스크루를 활용해서 물속에서 이동하고 방향을 바꾸는 등의 적응을 마친 후 본격적으로 움직였다.

'카오스, 피시스 렉스를 찾아줘.'

ー알았어!

상류 쪽이라서 그런지 한동안은 피시스 렉스를 발견할 수 없었다. 그저 무서운 속도로 잠영을 하며 강을 따라 내려가기만 했다.

세 개의 날개깃을 가진 스크루 아이템을 양쪽 발바닥에 장착한 효과는 엄청났다.

물의 저항이 거셌지만 스크루에 주입하는 마나의 양을 늘리자 시속을 기준으로 300킬로미터가 넘는 고속 이동이 가능했다.

카오스가 피시스 렉스를 처음 발견한 건 강의 중류에 가까워졌을 때였다.

분명히 인간과 유사한 외형이지만 얼굴 옆면에 있는 큰 아가미와 우둘투둘한 검붉은 피부, 그리고 정수리 부분부터 엉덩이까지 이어지는 지느러미는 뼈가 있는 조직인 듯 유연하면서도 단단해 보였고, 물갈퀴가 발달해서 물속에서 자유자재로 움직이고 있었다.

'세 놈이군!'

의외로 피시스 렉스는 무기를 소지하지 않았는데 외형을 통해 그 이유를 짐작할 수 있었다.

손톱이 마치 창날처럼 길고 날카로웠으며 심지어 마기를 주입할 수도 있었다.

놈들이 무슨 목적으로 이곳에 있는지, 어떤 능력을 가지고 있는지는 전혀 궁금하지 않았다.

최소한 단원들이 던전을 공략하기 전까지 놈들을 처리하려면 서둘러야 했다.

슝! 슝! 슝!

수기로 만든 마나탄은 물 속임에도 공간 이동을 하는 것처럼 순식간에 날아가서 놈들의 머리통을 차례로 관통했다.

파죽지세였다.

네 시간 만에 칼레라 호수와 이어지는 지점에 도착했는데 가온의 마나탄에 죽임을 당한 피시스 렉스의 숫자는 무려 300마리가 넘었다.

카우마를 불러서 호수와 강이 연결되는 지점의 물을 생명이 견딜 수 없을 정도의 초고열수로 만들고 있으라고 지시한 가온은 다음 강으로 향했다.

세 개의 강에서 활동하고 있던 피시스 렉스는 12시간이 되지 않아서 말끔하게 정리가 되었다.

'이제 호수 차례네.'

가온이 아무리 빠르게 이동할 수 있다고 해도 드넓은 호수 안에서 활동하는 피시스 렉스는 강에서처럼 쉽게 처리할 수가 없었다.

하지만 이미 방법은 생각해 두었다.

스크루 아이템을 챙긴 가온은 투명날개를 장착해서 호수 위로 날아올랐다.

그리고 호숫가를 따라 빠르게 비행하면서 이번 던전 공략을 위해서 추가로 구입한 뇌정구를 호수를 향해 던지기 시작했다.

꽈앙!

푸츠즈즈.

마나를 주입해서 적당한 수심에서 폭발하도록 했고, 마누가 가온을 따라 이동하면서 뇌전구가 폭발한 자리에 바로 뇌전을 떨어뜨렸기에, 뇌전의 반경은 최대치까지 확대되었다.

그렇게 호숫가를 따라 안쪽으로 작은 원을 그리며 비행하면서 뇌전구 투하와 마누의 전격이 가해지자 칼레라 호수는 한동안 시퍼런 뇌전에 덮였다.

얼마 후 카오스로부터 의념이 전해졌다.

─물고기 인간들이 혼비백산해서 던전으로 들어가고 있어! 지금까지 2천 마리 정도가 들어갔는데 절반은 덜 자란 놈들이야.

'조금 더 지켜보다가 행렬이 끊어지면 알려 줘.'

─알았어. 그런데 이 던전 공략은 우리한테 맡겨 주면 안 될까?

'너희들끼리 공략하겠다고?'

─응. 잠깐 던전에 들어가 봤는데 그리 크지 않은 습지더라고. 마누의 전격 능력과 카우마의 고열 능력으로 놈들을 습지에서 도망치게 한 후에 녹스의 독 능력으로 전력을 약화시킨 후 내가 싹 쓸어버릴 수 있을 거야.

'좋아! 한번 해 봐!'

가온은 흔쾌히 카오스의 부탁을 들어주었다.

자신도 정령들의 합심한 전력이 얼마나 높은지 궁금하기
도 했다.

칼레라 호수를 온통 뇌전으로 물들게 한 가온은 정령들이
던전으로 들어간 것을 확인하고 낮게 호수 위를 비행하면서
떠오른 피시스 렉스에게 마나탄을 날려 마무리를 하는 데 주
력했다.

전격으로 즉사한 놈들도 있었지만 단순히 기절한 경우도
적지 않았기 때문이다.

가온이 마무리를 한 후 다시 호수 안으로 들어가서 호수
깊은 곳으로 도망을 친 피시스 렉스들까지 끝장을 내고 섬으
로 올라오는 데 걸린 시간은 대략 두 시간이었다.

그로부터 두 시간 후 카오스를 필두로 정령들이 그의 곁으
로 돌아왔다.

"어떻게 됐어?"

카오스의 대답을 듣기 직전 그렇게 고대했던 안내음이 연
속해서 들려왔다.

던전 클리어를 알리는 안내음에 이어 차원 의뢰를 완수했
다는 내용의 안내음이었다.

다른 두 던전 역시 아니테라 전단이 공략하는 데 성공한

것이다.

'드디어 탄 차원으로 돌아갈 수 있겠구나!'

정말 지겨웠지만 얻은 것이 너무나 많았던 의뢰였다.

다음 권으로 이어집니다

예지몽으로
히든랭커